OUYENIGELANGTAI

欧也妮·葛朗台

【一出没有毒药和剪刀的流血悲剧】

〔法〕巴尔扎克◎著

《青少年经典阅读书系》编委会◎主编

首都师范大学出版社

CAPITAL NORMAL UNIVERSITY PRESS

图书在版编目(CIP)数据

欧也妮·葛朗台／《青少年经典阅读书系》编委会主编.—北京：
首都师范大学出版社,2011.11(2020年7月重印)
(青少年经典阅读书系.文学名著系列)
ISBN 978-7-5656-0522-2

Ⅰ.①欧… Ⅱ.①青… Ⅲ.①长篇小说-法国-近代
Ⅳ.①I565.44

中国版本图书馆CIP数据核字(2011)第222642号

欧也妮·葛朗台
《青少年经典阅读书系》编委会 主编

策划编辑　李佳健
首都师范大学出版社出版发行
地　　址　北京西三环北路105号
邮　　编　100048
电　　话　68418523(总编室)　68418521(发行部)
网　　址　www.cnupn.com.cn
印　　厂　汇昌印刷(天津)有限公司
经　　销　全国新华书店发行
版　　次　2012年7月第1版
印　　次　2020年7月第3次印刷
书　　号　978-7-5656-0522-2
开　　本　710mm×1000mm　1/16
印　　张　12
字　　数　150千
定　　价　30.00元

总 序

Total order

　　被称为经典的作品是人类精神宝库中最灿烂的部分，是经过岁月的磨砺及时间的检验而沉淀下来的宝贵文化遗产，凝结着人类的睿智与哲思。在滔滔的历史长河里，大浪淘沙，能够留存下来的必然是精华中的精华，是闪闪发光的黄金。在浩瀚的书海中如何才能找到我们所渴望的精华——那些闪闪发光的黄金呢？唯一的办法，我想那就是去阅读经典了！

　　说起文学经典的教育和影响，我们每个人都会立刻想起我们读过的许许多多优秀的作品——那些童话、诗歌、小说、散文等，会立刻想起我们阅读时的那种美好的精神享受的过程，那种完全沉浸其中、受着作品的感染，与作品中的人物，或者有时就是与作者一起欢笑、一起悲哭、一起激愤、一起评判。读过之后，还要长时间地想着，想着……这个过程其实就是我们接受文学经典的熏陶感染的过程，接受文学教育的过程。每一部优秀的传世经典作品的背后，都站着一位杰出的人，都有一个高尚的灵魂。经常地接受他们的教育，同他们对话，他们对社会与对人生的睿智的思考、对美的不懈的追求，怎么会不点点滴滴地渗透到我们的心灵，渗透到我们的思想和感情里呢！巴金先生说："读书是在别人思想的帮助下，建立自己的思想。""品读经典似饮清露，鉴赏圣书如含甘饴。"这些话说得多么恰当，这些感

总 序
Total order

受多么美好啊！让我们展开双臂、敞开心灵，去和那些高尚的灵魂、不朽的作品去对话，交流吧，一个吸收了优秀的多元文化滋养的人，才能做到营养均衡，才能成为精神上最丰富、最健康的人。这样的人，才能有眼光，才能不怕挫折，才能一往无前，因而才有可能走在队伍的前列。

　　"首师经典阅读书系"给了我们一把打开智慧之门的钥匙，会让我们结识世界上许许多多优秀的作家作品，会让这个世界的许多秘密在我们面前一览无余地展开，会让我们更好地去感悟时间的纵深和历史的厚重。

　　来吧！让我们一起品读"经典"！

国家教育部中小学继续教育教材评审专家
中国教育学会中学语文教学专业委员会秘书长

丛书编委会

丛书策划　李佳健

　　　　　王　安

主　　编　李佳健

副 主 编　张　蕾

编　　委（排名不分先后）

　　　　张　蕾　李佳健　安晓东　王　晶　高　欢

　　　　徐　可　李广顺　刘　朔　欧阳丽　李秀芹

　　　　朱秀梅　王亚翠　赵　蕾　黄秀燕　王　宁

　　　　邱大曼　李艳玲　孙光继　李海芸

阅读导航

奥诺雷·德·巴尔扎克（1799—1850）是 19 世纪法国批判现实主义文学最伟大的代表，也是欧洲最杰出的现实主义文学大师之一。

1829 年他发表《舒昂党人》，以其现实主义的细腻笔触描写了 1799 年保王党贵族一次失败的叛乱，这部作品取得了巨大成功，作者也首次以巴尔扎克的真名署名，从此他更加坚定了文学创作的决心。

《欧也妮·葛朗台》发表于 1833 年，即七月王朝初期。刚过去的复辟王朝在人们的头脑中还记忆犹新。复辟时期，贵族虽然从国外返回了法国，耀武扬威，不可一世，可是他们的实际地位与法国大革命以前已不可同日而语，因为资产阶级已经强大起来。资产阶级虽然失去了政治权力，却凭借经济上的实力与贵族相抗衡。发展到复辟王朝后期，资产阶级不仅在城市，而且在贵族保持广泛影响的农村，把贵族打得落花流水，复辟王朝实际上大势已去。巴尔扎克比同时代作家更敏锐，独具慧眼地观察到这个重大社会现象。

《欧也妮·葛朗台》以对法国外省中部的一个小城的老箍桶匠的聚敛财富的描述，深刻地反映出 19 世纪初法国资产阶级的发展史，就是一部凶残狡诈的掠夺史，一部血腥的罪恶史。它有力地抨击了资产阶级"勤俭起家"的谎言，就像马克思所说的："资本来到世间，从头到脚，每个毛孔都滴着血和肮脏的东西。"

通过对各个主要人物之间的社会关系和思想言行的描述，作家广泛地表现了资本主义社会一切以金钱为转移的冷酷现实，对资本主义社会人与人之间的金钱利害关系予以了深刻的揭示，对金钱对人思想灵魂的腐蚀和摧残予以了猛烈抨击。用小说中的话说，这是一出"没有毒药、没有尖刀、没有流血的平凡悲剧"，而其惨烈的程度却不亚于古典悲剧。不过，在古典悲剧中主宰一切的是命运，在巴尔扎克的作品中主宰一切的则是金钱。

目录

献给玛丽亚

　　卿之芳容乃本书至美之装饰，愿卿之芳名在此犹如圣枝，虽不知出自何树，然无疑已因信仰而圣化，虔诚之手勤将其更换，故四季常青，恒荫家宅。

——［法］巴尔扎克

法国中部卢瓦尔河畔，有个叫索漠的小城。在物欲横流的喧嚣声中，汹涌的生活之流卷裹着这里的人们直往前"蹿"，外省人沉陷在"生计"和"事件"的汪洋之中，每一个人都像农贸市场上的小贩，只关注着自己面前的货物，与来人口干舌燥地讨价还价，金钱成为唯一的实物……信仰凋散，心灵荒芜，生命失去了精神的根基，流落成漂泊无依的浮萍蓬蒿。欧也妮·葛朗台就是生活在这样一个一切都如此繁华丰裕，一切又都如此匮乏缺失的小城之中。

在外省某些城镇，有些房子像最阴暗的修道院、最荒凉的旷野，或者最落寞的废墟，看了使人有凄凄切切之感。也许在这些房子里，修道院的冷寂、旷野的荒凉和废墟的支离破碎都兼而有之。房子内寂静无声，要不是外面一传来陌生的脚步声，窗子里便会突然探出一个僧侣般毫无生气的面孔，以凄冷的目光逼视来客的话，外地人真会以为那是些空置的房屋。

细致的环境描写，最有助于增强文学作品的真实性。

索漠城有一条起伏不平的大街，直通高处的古堡，街尽头有一所房子，外表就有这种忧郁苍凉的成分。街上现在已经不大有人来往，夏热冬寒，有些地方还很阴暗，但有一个特点，鹅卵石铺的路面总是干爽、清洁，发出响亮的回声。街道狭窄而曲折，两旁的房子紧贴城根，非常宁静，属于旧城的一部分。

有些建筑已有三百年的历史，虽是木造，但仍很坚固，而且风貌迥异，各有特色，使索漠城这个地段，颇得怀旧的人和艺术家的青睐。走过这些房子的人很难不欣赏那些两头

青睐（lài）：比喻喜爱或重视。

刻着奇怪图形的巨大梁木，横亘在底层之上，仿佛一溜黑色的浮雕。这里，椽子上盖着青石板，描出一条条蓝线，墙不很牢固，木板的房顶因年深月久，已经翘起；日晒雨淋，木条早已腐烂变形。那边，破旧发黑的窗槛，上面精美的雕刻已难以辨认，脆弱得似乎承受不住贫穷的女工在上面放置的那几个种着石竹和月季的赭色花盆。再远一点，是几道嵌着巨大钉子的门扇，我们天才的祖先在门上画了一些象形文字，其意义今人永远难以参透，也许是一位新教徒表示其信仰，或者是一位旧教徒诅咒亨利四世。也有某位平民鸣钟晋爵之后所刻的贵族标记，以旌表祖上曾为官宦的昔日辉煌。整整一部法兰西历史都在这儿了。一所摇摇欲坠的房子，墙壁胡乱抹着灰泥，想当初还是一位能工巧匠的杰作。房子旁边矗立着一座当地贵族的宅第，石砌的拱门上还留着徽号的遗迹，经过1789年以来席卷全国的多次革命的摧残，尚依稀可辨。

　　这条街的房屋，一层全是做买卖的，既非小铺，也不是大店，喜欢中世纪气氛的人会发现，那简直是我们祖先古朴的劝业场。低矮的店铺既无门面，也无摊档、橱窗，幽深阴暗，内外没有任何装饰。门分上下两截，钉着粗铁皮，上半截往里开，下半截装着带弹簧的门铃，不断有人出出进进。半人高的墙上装有护板，早晨卸下，晚间安上，用铁片铆钉拧紧。空气和光线就从门顶和窗框、地板和矮墙之间的空隙进入，房子潮湿得像洞穴一样。矮墙供陈列商品之用，毫无夸张招徕的成分。货色随店铺的性质而异，或是两三桶盐和鳕鱼，或是几捆帆布、缆绳，天花板的椽子上挂着黄铜丝，靠墙放着桶箍，或者架子上放几匹布。你要是走进门，一个青春年少，穿着大方，系着白头巾，手臂通红的姑娘便立即放下手中的活计，喊她的父亲或母亲出来招呼你；店主的态

幽深、阴暗、潮湿是索漠城给人的整体印象。

度各有不同：有的冷淡，有的殷勤，有的傲慢。成交额也许是两个铜板，也许是两万法郎不等。你也会看到一个卖箍桶材料的商人，坐在门口，百无聊赖地和邻居谈天，表面看，他只有质量低劣的装酒瓶的木桶板和两三捆做酒桶的木板，但他在码头上的工地却堆满木料，足可供应安茹地区所有的桶匠。他知道如果葡萄丰收，能卖出多少做酒桶的木板，误差只在一块板上下。日照好，他便发财；天时多雨，他便亏本。一个早上酒桶的价钱可以从十一法郎跌到六法郎。当地的天气像都兰一样变幻无常，左右着市面的行情。种葡萄的、有田地的、经营木材的、箍桶的、开客店的和行船的，人人都等着出太阳。晚上睡觉担心第二天听说夜里下了霜。他们怕雨、怕风、怕旱，时而盼雨水，时而盼天热，时而又盼多云。上天总是和凡间的利益有矛盾。晴雨表能轮流叫他们脸上出现忧虑、高兴、快活的表情。

　　这条街从前是索漠城的中央大街，从街头到街尾，"真是黄金般的好天气啊！"这句话代表着各家各户的收入。所以每个人都会这样回答邻居："是呀，天上落金子喽！"因为他们知道灿烂的阳光和及时的雨水会带来多少财富。天气晴好的季节，星期六，正午时分，你别想在这些铺子里买到一分钱东西，因为人人都有自己的葡萄园和小片地，都要到乡下去忙几天。这里一切都是预先算计好的，买呀、卖呀、利润呀，生意人有的是闲暇娱乐和消遣，东家长，西家短地打听别人的隐私。某家主妇买了只山鹑，邻居就会问她丈夫做得是否好吃。一个姑娘从窗里探出头来，绝逃不过闲人的眼睛。大家心里都藏不住东西，如同那些幽暗、寂静、无法进入的房子，实际上也没有什么秘密一样。人们似乎都在露天生活，一家子都坐在门口，在那儿吃中饭、晚饭，甚至吵架。有人经过，他们都要仔细打量。所以从前每当有外乡人来到外省的城镇，总会处处被人取笑。引出不少有趣的故事，昂热人是嘲笑人的高手，促狭鬼的称号便由此而来。

旧城的老宅子集中在街的上端，原来的居民都是当地的大户人家。这些老宅子还是法国民风淳朴时代——如今已世风日下了——的遗物，本书所讲的故事，就发生在其中一座凄凉的宅子里。别具特色的街道，处处能唤起对往昔的回忆，整个气氛会使人不期然地沉入遐想。拐弯抹角走了一段之后，你会看见一处凹进去的地方，黑魆魆的，中间藏着一道门，这便是葛朗台先生的府上。如果不谈谈葛朗台先生的身世，根本不可能明白在外省"府上"这种称谓究竟有多大的分量。

葛朗台先生在索漠城享有的声望，其前因后果，未在外省居住过的人是不能完全理解的。他还被某些人称为葛朗台老头，但这样的老人今天已经不多了。1789 年间，他是个殷实的箍桶匠，识文断字，能写会算。共和国政府在索漠地区拍卖教会产业的时候，他正好四十岁，刚刚娶了一个富裕的木板商的女儿。他带着自己的现金和妻子的陪嫁，一共两千个金路易，跑到专区政府。当时监管拍卖国家产业的是个粗暴的共和党人。葛朗台把岳父给的四百金路易塞给他，便以一块面包的价钱，虽不合理但却合法地买下了当地最好的葡萄园、一座老修道院和几块分租田。索漠城的居民革命意识不强，葛朗台老头在他们中间被公认为一个有胆识的共和党人、爱国者、关心新思想的人物，其实这位箍桶匠只关心葡萄园。他被提名为索漠专区行政委员会委员，在地方的政治和商业方面都发挥着温和的作用。政治上，他庇护革命前的贵族，尽力制止拍卖逃亡贵族的产业。商业上，他供应共和国军队一两千桶白葡萄酒，换回的是留作最后一批拍卖、原属一个女修道院的几块上好的牧场。拿破仑执政的时候，他

读了这一段，你大概会感叹作者选取了一个最佳的叙述角度：称呼。为什么称呼葛朗台为"葛朗台老头"的老人会越来越少？

当上了市长，公事应付得不错，葡萄种得更好。拿破仑称帝后，他被罢了官，因为拿破仑不喜欢共和党人（何况葛朗台还被公认戴过红帽子），派了一个广有田产，后来被晋升为男爵的贵族取代他。他不当官倒没什么遗憾，因为他在任上早已为本地区的利益修建了几条优质公路，直达他的地产。他的房子和产业在土地登记造册时占了不少便宜，只纳很轻的税。他的地产自登记评级以后，由于不断用心经营，他的葡萄园成了当地的龙头。龙头是个技术字眼，指能够出产上等好酒的葡萄园。单凭这一点，他便有资格申请荣誉勋位十字勋章。

地产评级这件事发生在 1806 年，当时葛朗台五十六岁，他妻子大约三十六岁。他们合法爱情的结晶独生女儿十岁。上天似乎有意安慰一下被罢官的葛朗台，使他在这一年间连续接收了几笔遗产。首先是岳母、娘家姓德·拉贝特利耶的德·拉戈迪尼埃太太的，其次是妻子的外公德·拉贝特利耶老先生的，最后是葛朗台本人的外婆冉蒂耶太太的。这三笔遗产有多大数目，谁也不知道。三位老人家都各啬成性，一辈子拼命攒钱，好私下里看着心满意足。拉贝特利耶老头把借钱给人叫作挥霍，觉得看着金子比拿金子放高利贷更保险，所以索漠地方的人只能按看得见的收入来估算他的积蓄。

于是，葛朗台先生取得了新的贵族称号。尽管我们酷爱平等，这种称号却是永远也消灭不了的。这就是说，葛朗台成了本地区"纳税最多的人"。他经营着一百阿尔邦的葡萄园，收成好的年份可以酿出七八百桶葡萄酒。还有十三块分租田、一座古老的修道院。为了节约，他把修道院普通的和彩色的玻璃窗及门洞全部封死，<u>这样既可免交捐税，又可以保存文物</u>。此外，尚有一百二十七阿尔邦的草场，上有 1793

注意葛朗台是如何利用革命大好时机迅速发家的，这是否从一个侧面反映了法国革命在资产阶级兴起中的作用呢？

结晶：原指物质从液态或气态形成晶体的过程。这里比喻珍贵的成果。

既……又……：表并列，强调结果。

年种下的三千棵白杨，现在已经高大茁壮。最后，他所住的宅子也是自家的产业。他看得见的产业估计就是这些。至于他的资金，只有两个人能大致做个估算：一是替他放债的公证人克罗旭先生；另一个是索漠城最有钱的银行家德·格拉桑，葛朗台有时与他暗中勾结，得些好处。此二人尽管行事机密，不乱说话——这在外省是得人信任和发财的保证，可他们在众人面前对待葛朗台那种<u>毕恭毕敬的态度</u>，仍让人看出前任市长的资金何等雄厚。

索漠城人人都相信葛朗台家里有个宝库，一个储满金路易的密室，半夜里他瞧着累累的黄金，乐得心花怒放。守财奴们都认为此事确凿无疑，因为他们看见葛朗台的两眼似乎闪耀着黄金所赋予的色彩。一个惯于从自己的资金获取高额利润的人，其目光必然同色鬼、赌徒和食客一样，都有某种难以名状的特点：闪烁不定、贪婪、神秘，绝逃不过同道人的眼睛。这是一班具有癖瘾的人无声的语言。

葛朗台先生获得普遍的敬重自有他的道理。他从不欠债，既是老箍桶匠，又是经验丰富的葡萄园主，什么时候该准备一千只酒桶，什么时候五百只即已足够，他算得和天文学家一样精确；他的投机事业从没失败过一次，酒桶市价比酒价贵的时候，他总有酒桶出售，他还会把酒囤积起来，等价钱涨到二百法郎一桶才脱手，而小葡萄园主早在市值一百法郎时就把自己的酒都卖光了。1811 年葡萄大丰收，他把酒囤起来慢慢地卖，结果赚了二百四十万法郎。<u>说到理财，葛朗台先生兼有老虎和巨蟒的本领。他会蹲在那里，长时间窥伺着猎物，然后扑上去</u>，张开钱袋的大口，<u>吞进大堆的金币</u>，然后安安静静地躺下，像吃饱的蛇一样，冷酷而不动声色，徐徐消化吃到肚里的东西。看见他经过，没一个人不感到既钦佩，又敬畏。在索漠城，谁不曾被他的钢铁利爪干净利索地抓过呢？某人买地需要钱，通过克罗旭先生借到一笔贷款，但要付一分一的利息；某人拿期票向德·格拉桑先生贴现，先就给扣去了一大部分。在市场上或者晚上的闲谈中，不提到葛朗台先生大名的日子少之又少。有些人认为，这个老葡萄园主的财富简直是地方上的骄傲。所以不止一个商人，不止一个旅店老板得意扬扬地对外地来的客人说："先生，我们这里，财产过百万的有两三家，至于葛朗台先生，有多少财产连他自己也不知道！"

1816 年，索漠城最精于计算的人估计这家伙的财产接近四百万。但是从 1793 年到 1817 年，每三个月一交的地租，他一年还能收十万法郎，这样一推算，他手里的现金几乎和他不动产的价值相等。因此打完一场牌或者谈完了葡萄之后，精明的人便会说："葛朗台老爹吗？……该有五六百万吧。"——要是克罗旭或格拉桑先生听见这话，就会说："您比我厉害，我还从来不知道总数呢！"如果有某个从巴黎来的人谈到罗特希尔德或拉斐特那样的大银行家，索漠人便会问，他们是否和葛朗台先生一样有钱。要是那个巴黎人笑了笑，轻蔑地说是的，他们便会彼此交换眼色，摇摇头，一脸不相信的神气。

偌大一笔财产给葛朗台老头的行为镀了金。即使原本生活上有些古怪之处，遭到旁人地笑话和嘲弄，如今也没人再提了。葛朗台无论做什么都具有权威性。他的言谈举止、穿着打扮，甚至眨眼睛，都会在当地产生很大影响，人人像博物学家观察动物本能的作用一样，认真加以研究，结果从他最琐细地举动中也发现了深邃而难以言传的智慧。如有人说：

"葛朗台老爹已经戴上皮手套了，今冬一定很冷。葡萄该摘了吧！"

两个最清楚葛朗台家产的人也无法确定其家产的总数，由此可衬托出葛朗台家私的巨大。

金钱的力量！金钱等于权力？金钱等于智慧？

　　"葛朗台老爹买了许多造酒桶的板材，今年的葡萄酒绝对少不了。"

　　葛朗台先生从来不买肉，不买面包。他的佃户每星期给他送来阉鸡、母鸡、鸡蛋、黄油和小麦，作抵租用。他有一座磨房出租，磨坊师傅除了交租，还得来他家拿麦子去磨，磨完再把面粉和麸子送回来。他唯一的女佣大个子拿侬，虽然上了年纪，每星期六仍为他烤制全家的面包。佃户中有种菜的，葛朗台便吩咐他们供应蔬菜。至于水果，收获之多，可以将大部分拿到市场出售。烧火用的木柴从篱笆上砍，或将田边半枯的老树放倒，叫佃户锯好用车送进城来。佃户们为了讨好他，还替他在柴房码好，换回他几声谢谢。他的全部开销，据众人所知，只有圣餐费、太太和女儿的衣着及教堂里的座椅费、灯火费、大个子拿侬的工钱、煎锅镀锡、纳税、房屋修理和种植的费用。他新近买了六百阿尔邦林产，交给一个邻人照管，答应给点补贴。自买了这块林地，他才开始吃野味。

　　此人举止简单，说话不多。发表看法一般都用现成的短句，而且声音柔和。从他令人瞩目的大革命时代起，每当要发表长篇大论或者和别人讨论问题，他都结结巴巴，使人不胜其烦。这种口齿不清，逻辑混乱，前言不搭后语，越讲越糊涂的情形，人们归因于教育的欠缺，其实完全是装出来的，本书下面叙述的几件事情可以充分证明。另外，每逢在生活和买卖上遇到什么难题要应付、要解决，他经常使用四句代数公式般的法宝，就是："我不知道，我办不到，我不愿意，以后再说吧。"他从不说是或者不是，也不留任何字迹。你跟他说话吗？他冷冷地听着，右手托着下巴，右胳臂肘放在左手的手背上，不论什么事，拿定了主意，便永不回头。一点点小买卖也要考虑半天。经过一番藏奸耍滑的较量，对方以

葛朗台的"四句盾牌"。

葛朗台的"太太"也不过和那四句口诀一样，是他玩弄诡计的挡箭牌。

世界文学中最精彩的形象描写，注意作者所使用的形容词。

为自己的意图尚未暴露，其实已经不打自招的时候，他却来这么一句："没征求过我太太的意见我什么也不能决定。"被他当奴隶般使唤的妻子，在生意上是他最合适的挡箭牌。他从不到别人家里去，不吃人家的，也不请人吃饭。他干什么都悄无声息，似乎一切都得节省，包括动作在内。他一向尊重所有权，所以绝不动别人家里的东西。可是，尽管声音轻柔，态度审慎，仍不免露出箍桶匠的言谈和习惯，尤其是在家里，不像在别的地方那么有所顾忌。

头发也是金银发，绝妙的讽刺。

肉瘤是葛朗台最鲜明的标志，以后还会多次出现。

体格方面，葛朗台先生身高五尺，矮墩墩的，腿肚子周长足有十二吋，髌骨多节突出，宽肩膀，褐色的圆脸上有麻疹留下的瘢痕，下巴方方的，嘴唇没有任何曲线，牙齿很白，眼睛表情冷峻，似要择人而噬，俗称蛇眼，额头满是横纹，但其间还有些显著的凹凸，头发黄中带灰，一些不知天高地厚的年轻人背后开玩笑说那是金银发。他鼻尖肥大，上面长着个青筋盘绕的肉瘤，一般人不无理由地说那里面装满了鬼点子。脸上的表情说明他精明狡猾、不诚实而又自私自利，他的全部感情都集中于自得其乐地聚敛财富以及他唯一关切的继承人，他那个宝贝独生女欧也妮身上。他的举止、行动以及内心的一切都显示出一种自信，那是生意上一帆风顺所养成的习惯。因此，他虽然外表和善，易于接近，其实性格硬如铜铁。他的装束一成不变，1791 年如此，现在也如此。厚实的鞋子系着皮鞋带，一年四季都穿着羊毛袜，粗呢栗色短裤系着银质的扣子，一件两排扣的黄褐相间天鹅绒背心，长下摆的栗色宽上衣，黑领带，戴一顶教友派的帽子。他的手套和警察的一样结实，能用二十个月，而为了保持干净，他总用同一种手势将手套放在帽檐上一个固定的位置。

自信源自敛财的成功。

一成不变的衣着与其始终如一的吝啬性格完全相符。

关于葛朗台先生，索漠人所知道的仅此而已。

全城只有六位居民有权在他家走动。排头三个之一是克罗旭先生的侄儿。这个年轻人自从被任命为索漠城初级裁判庭庭长以后，便高攀了蓬风家族的姓。他的签名现在已经改为克·德·蓬风。辩护律师如果冒冒失失地称他克罗旭先生，开庭时便会发现自己做了件蠢事。谁要是称他庭长先生便可以得到他的关照，若哪个溜须拍马者喊他德·蓬风先生，他会笑逐颜开地给予青睐。他现年三十三岁，拥有一块名为德·蓬风的领地，年收入七千法郎，将来还可以继承他两个叔父的遗产：一个是公证人克罗旭，另一个是图尔圣马丁教堂教务会的成员克罗旭神甫，两人都被公认为富户。三个克罗旭族系的人多，与城里的二十来户人家都沾亲带故，形成一党，好比当年佛罗伦萨的梅迪契家族，而且如同梅迪契家族有帕济家族为敌一样，克罗旭一家也有自己的对头。

　德·格拉桑太太有个二十三岁的儿子。她之所以坚持不懈地来为葛朗台太太凑牌局，实指望她亲爱的阿道尔夫能娶上葛朗台太太的女儿欧也妮。德·格拉桑先生是银行家，大力支持妻子的盘算，经常暗中给那个吝啬的老家伙帮忙，关键时刻总会像飞将军从天而降。德·格拉桑家这三个人也有他们的党羽、亲属和忠实盟友。

克罗旭一边，神甫是家中老谋深算的外交家，在他那当公证人的弟弟协助下，拼命和德·格拉桑太太争地盘，想把葛朗台的巨额遗产留给自己当庭长的侄儿。两家争夺的焦点是葛朗台小姐，而这一明争暗斗也成了索漠城各派系热切关心的问题。欧也妮·葛朗台小姐会嫁给庭长还是阿道尔夫·德·格拉桑先生呢？有人说，葛朗台先生两家都看不上眼，这个老箍桶匠野心膨胀，想攀一位贵族院的议员做女婿，凭他三十万法郎的年收入，他女婿一定不会计较他家过去、现在和将来的那些酒桶。但另一些人反驳说，德·格拉桑夫妇不仅是贵族，而且富甲一方，阿道尔夫又是英俊少年，除非教皇的侄儿来插一手，否则这样一门好亲事一定使出身寒微的人、一个全索漠城居民都亲眼目睹靠劳动起家并且戴过红帽子的人心满意足。但有见识的人提醒大家注意，克罗旭·德·蓬风先生可以随时在葛朗台家进出，而他的情敌只有星期天才能受接待。有的人认为，德·格拉桑太太和葛朗台家女眷的关系比克罗旭一家密切，能够给她们灌输某些想法，心愿迟早会实现。另一些人则反驳，克罗旭神甫的溜须功夫天下无敌，女人对付僧侣正好旗鼓相当。索漠一个聪明人说："他们正是棋逢对手哩。"当地老于世故的人则说："葛朗台一家精明得很，绝不会让财产落入外人手里，索漠城的欧也妮·葛朗台小姐一定会嫁给巴黎的一个堂兄弟，这堂兄弟的父亲是位有钱的葡萄酒批发商。"对这种看法，克罗旭和格拉桑两家的支持者这样回答："首先，葛朗台两兄弟三十年来没见过两次面。其次，巴黎那个葛朗台对自己的儿子期望很高。他本人是区长、议员、国民自卫队的上校、商务裁判庭的法官，根本不承认索漠城的葛朗台是亲戚，而自称是得到拿破仑恩宠的某公爵的姻亲。"一位有大笔遗产继承的姑娘，自然是方圆七八十里内，甚至从昂热到布卢瓦的公共驿车里人们谈论的对象，话题一开，难道还有边吗？

　　1818 年年初，有一件事明显地使克罗旭一派占了格拉桑派的上风。弗鲁瓦丰家的地产素以其优美的园林、别墅、田庄、小河、池塘、森林出名，价值达三百万法郎。年轻的德·弗鲁瓦丰侯爵手头缺现金，只好将其标价出售。克罗旭公证人、克罗旭庭长、克罗旭修道院长在他们党羽的推波助澜之下，居然说服他别把地产分小块出售。他们让侯爵相信，如果土地分块出售，势必要和中标人打上数不清的官司，才能逐块地拿到钱，倒不如将地产一股脑儿卖给葛朗台先生为好，因为此人有支付能力，可以给现钱。于是公证人克罗旭

势均力敌的双方为了同一个目标开始为我们上演了一出各显其能、明争暗斗的闹剧，不知哪一方会"如愿以偿"呢？我们和全索漠城的居民一起拭目以待着……

推波助澜(lán)：比喻促使或助长事物（多指坏的事物）的发展，使扩大影响。

和年轻侯爵做成了一宗极便宜的好买卖。弗鲁瓦丰侯爵封地这块肥肉就这样送到了葛朗台先生嘴里。使索漠人大吃一惊的是，待一切手续办妥，葛朗台竟打点折扣，用现款把账结清。这件事引起了轰动，消息一直传到南特和奥尔良。葛朗台先生搭乘回程的车子，去视察他的别墅。以行家的目光瞥了自己的产业一眼之后便返回索漠，深知这次投资肯定能有百分之五的利润，于是又产生了一个绝妙的想法，把所有财产都化零为整，合并到弗鲁瓦丰这块侯爵封地上。接着，为了补充几近空虚的财库，他决定将森林、树木砍光，牧场上的白杨全部伐倒。

现在，葛朗台府这个字眼的分量该比较容易理解了。这所房子冷漠阴森，坐落在城的高处，紧挨着坍塌的城墙。门框的两根支柱和穹顶，像正房一样，是用石灰石修的，那是卢瓦尔河边特产的石头，质地柔软，平均使用寿命不到两百年，雨雪风霜将门的拱顶和侧壁侵蚀出无数奇形怪状、极不规则的洞眼，类似法国建筑中虫迹式石纹图案，有几分像监狱的大门。拱顶上面有一块长长的硬石浮雕，代表四季的形象已经剥落、发黑。浮雕上面有一块突出的方形盖板，胡乱长着些植物，诸如黄色的蒿草、牵牛花、旋覆花和车前草，一棵小樱桃树已经长得相当高了。门是用整块的棕色橡木板做的，木质干枯，布满裂缝，看上去很单薄，其实有排成对称图案的铆钉坚固地铆住。大门上有一扇小门，中间的方洞装有栅栏，密密的铁条长满了红锈，门上有铁环，挂着一把槌子，正好敲在一个龇牙咧嘴的门钉上，槌是长方形的，像咱们祖先用的那种钟槌，活脱一个巨大的惊叹号。如果仔细审视一下，喜欢古董的人会依稀发现，此槌最初是个小丑的形象，由于不断使用，线条都磨平了。那个小栅栏，在内战年代本来是用以辨认来客的，而现在，好奇的人可以透过栅

葛朗台府完全和他的人相匹配。恰如其分的环境描写，可以为人物的刻画"锦上添花"。

栏看到暗得发绿的拱穹，尽头几级零落的石阶，通向一个花园，厚实的围墙，潮湿渗水，几丛娇弱的小树，却也别有一番风味。围墙本是现成的旧城墙，邻近人家加以利用，便成了花园。楼下最主要的屋子是"正厅"，入口就在大门的拱穹之下。在安茹、都兰、贝里等小城市，正厅的重要性，外地人是不了解的。正厅既是接待室、客厅、书房、内室和饭厅，同时也是起居室、全家日常活动的中心。区里的理发师每年来两次，就在这里给葛朗台先生剪头发，佃户、神甫、县长、磨坊伙计有事也是到这里来。临街有两扇彩色大玻璃窗，屋里铺着地板，从上到下都钉着绘有古式线脚的灰色护墙板，房梁也漆成灰色，露在外面，梁木之间填充的白粉已经发黄了。壁炉台是白石做的，雕工粗糙，上面放着一座嵌有螺钿花纹的黄铜旧钟，还摆着一面发绿的镜子，故意削出斜边好显出玻璃的厚度，哥特式金丝镶嵌的钢框闪耀着一丝青光。壁炉两边放着两座多枝的镀金黄铜烛台，座子是古铜镶边的蓝色大理石，烛盘做成玫瑰形状，不用时可以拿掉，剩下中间的主盘，立在座上，供平常日子使用。古式的座椅蒙着布面，绣有拉封丹的寓言故事，由于颜色已经褪尽，缀满了补丁，人物形象已模糊难辨，若不知故事内容，休想看出其中的究竟。屋子四角摆着食橱样的一层层搁板，油腻腻的。两扇窗子之间的护墙板处放着一张嵌木细工的旧牌桌，桌面画着棋盘。上方有一个椭圆形的晴雨表，黑色的木边有丝带状的金色花纹，苍蝇在上面大肆方便，以致金漆几乎看不出来了。壁炉对面的墙上，挂着两张水粉画肖像，估计是葛朗台太太的祖父，老德·拉贝特利耶先生，穿一身法国禁卫军中尉制服，另一位是已故冉蒂耶太太，坐在安乐椅上。两个窗子都挂着用图尔出产的红色横绫绸做的窗帘，用丝绳吊起，绳的末端系着教堂常用的那种玻璃球。这种与葛朗台俭朴作风极不调和的豪华装饰买房子的时候便有，连镜子、挂钟、带布面的家具和屋角的红木食橱也一样。

一语道出葛朗台的吝啬本质。

离门最近的那个窗洞放着一把藤椅，四脚垫高了，好让葛朗台太太坐着能看见街上的行人。一张褪了色的樱桃木针线桌把窗洞余下的地方填满了。欧也妮的小扶手椅就放在近旁。十五年来，从每年四月到十一月，母女俩总坐在这个地方干活，安安静静地打发日子。到了十一月一日，她们便转到壁炉边过冬。也只是到了这一天，葛朗台才允许在正厅里生火，来年三月三十一日，必须灭火，不管春寒料峭或者初秋凉意袭人。这时候，大个子拿侬便设法从厨房里弄些炭火，生起个脚炉，让太太和小姐驱驱早晚的寒气。全家的衣服被褥都由母女二人缝制。她们勤勤恳恳，像女工一样，终日操劳。如果欧也妮想给母亲绣条花领，还得从父亲那里骗根蜡烛，晚上熬夜来做。长久以来，女儿和大个子拿侬用的蜡烛都由老吝啬鬼亲自配给，如同每天的面包和食物，也都定量分发一样。

从侧面进一步刻画了葛朗台的吝啬成性的形象。

也许只有大个子拿侬，能忍受她主人的专制。全城的人都羡慕葛朗台夫妇有这么一个女佣人。拿侬身高五尺八寸，所以绰号大个子。她伺候葛朗台已经三十五年。虽然薪金只有六十法郎，却已经被公认为索漠城最有钱的佣人。每年六十法郎足足攒了三十五年，最近她终于在克罗旭那里存了四千法郎做终身年金。长期锲而不舍的积攒，结果似乎数目不菲。个个女佣人见这六十岁的女佣晚年的衣食已有着落，都不禁眼红，却没想到这是她以做牛做马的代价换来的。

二十二岁的时候，这可怜的姑娘因为长相难看，到处没人要她。当然，说她难看也不公道，她那副尊容如果长在禁卫军一个大兵的脖子上，倒会受到称赞呢。不过，据说一切都要相称。她先前给人看中，那家农户遭了火灾，于是，她凭着一股子什么都敢干的勇气，到索漠来找活干。那时候，葛朗台正准备成家立业，发现这个到处碰壁的姑娘。以他箍桶匠的资质，一眼便能判断一个人的体力。他见这女孩体格像大力士，站在那里，仿佛一株六十年根深叶茂的老橡树，虎背熊腰，还有一双马车夫般的大手，而且单纯、朴实，纤尘未染，他立即估量出从这样一个女人身上能榨取多少油水。尽管她赳赳武夫般的脸上长满疣子，皮肤棕色，两臂筋肉发达，身上衣衫褴褛，这一切都没有吓倒正当盛年，仍能见色心动的箍桶匠。于是，他给这个可怜的姑娘衣服鞋袜，一日三餐，还付工钱，使唤她而不过分粗暴对待。大个子拿侬看见人家这样优待自己，快活得偷偷哭了。她死心塌地地伺候箍桶匠，而箍桶匠也像使唤家奴那样使唤她。她起早贪黑，什么都干：下厨做饭，洗洗涮涮；把衣服拿到卢瓦尔河边，洗完再用肩膀扛回来。收获葡萄的季节，工人的伙食全部由她操办，还监视着不让他们拾取摘剩的葡萄。她像一条忠心耿耿的狗那样保护主人的财产。总之，她对主人充满盲目的信任，不管主人如何异想天开，她都一声不吭地服从。在著名的 1811 年，收葡萄的季节异常辛苦，那时拿侬已足足干了二十年，葛朗台决定赏给她一块旧怀表，那是拿侬从主人手里得到的唯一礼物。虽然葛朗台也把穿旧的鞋给她（她能穿），但这些三个月给一次的鞋子根本不能算做礼物，因为鞋子已穿烂了。可怜的姑娘由于穷困而变得十分吝啬，终于获得了葛朗台的欢心，<u>像爱一条狗那样爱她</u>。拿侬也心甘情愿被套上一条带刺的颈圈，日子一久，连刺扎也不觉得疼了。葛朗台切面包切得太薄，她从不抱怨。这家人饮食规矩严格，倒从来没人生病，她也乐得分享这种饮食卫生所带来的好处。再说，她已经成为这个家庭的成员：葛朗台笑她也笑，葛朗台发愁、挨冻、取暖、干活，她也一样发愁、挨冻、取暖、

"人善被人欺"，拿侬是最好的写照。

比喻句，形象地表明了姑娘的可爱。

干活。这样的平等，自由乐在其中。她在树下捡个把梨、桃、杏、李吃，主人也从不责怪。遇到丰年，果实压弯了枝，佃户们不得不拿去喂猪的时候，主人会对她说："吃呀，拿侬，尽量吃。"

对这个从小受虐待，后来被人出于好心收留下来的穷苦农家女来说，葛朗台老头难以捉摸的笑容无疑是一道阳光。再说，她内心淳朴，头脑简单，只容得下一种感情，一个念头。三十五年来，她总记得自己如何光着脚，衣衫褴褛地来到葛朗台老头工场的前面，耳边总听见箍桶匠对她说："你要什么呀？孩子。"于是，她内心便感激不尽。有时候，葛朗台想，这可怜的姑娘一辈子没听过奉承话，全不懂一个女人所能激发起的温情，将来见上帝时比圣母玛丽亚还纯洁无瑕。想到这里，葛朗台不禁动了恻隐之心，瞧着她，说道："可怜的拿侬！"这一声叹息之后，老女佣总向他投去一瞥难以形容的目光。不时蹦出的这句话，久而久之，串成了一条长长的友谊的锁链，每一声叹息都往这条锁链上添加一个环节。葛朗台心里的这点怜悯，虽然使老姑娘心存感激，却不知怎的，总有点令人发憷的成分。吝啬鬼这种残酷的怜悯，不仅唤起了老箍桶匠心里千般的欢乐，也是拿侬全部的幸福。"可怜的拿侬！"这句话谁不会说呢？但从说话的音调、发感叹时的内心活动，上帝自会认出谁是真正的天使。

索漠城许多人家对待下人要好得多，而下人却并不满意。因此便有人说了："葛朗台一家是怎么对待大个子拿侬的？让拿侬对他们如此忠心，简直愿为他们赴汤蹈火！"她厨房的窗口朝向院子，装着铁栅，总是收拾得干净、整齐、冷冰冰的，真是名副其实的吝啬鬼的厨房，什么东西都不糟蹋。拿侬洗完盘子、收拾好剩饭剩菜，灭了火，便来到与厨房只有一条走廊之隔的正厅，在主人们身边纺麻。这样，晚上全家只点

恻隐（cèyǐn）：对受苦难的人表示同情；不忍。

吝啬鬼的叹息是有所值的。

一根蜡烛便够了。她睡的那间破房就在走廊尽头，光线从通向隔壁的一扇小窗透进来。她身板结实，住在这地洞般的蜗居里居然毫不影响健康。整个宅子白天黑夜都是静悄悄的，任何声响她都听得见。她就像一条看家狗，竖着一只耳朵睡觉，边休息，边守夜。

比喻句，贴切形象，同时说明她很警觉、靠得住。

宅子的其余部分，我会随着故事的进展一一加以描述，但刚才对全家最阔气的正厅已做了大致的概括，楼上几层的寒酸也就可想而知了。

1819 年 11 月的一个傍晚，大个子拿侬才头一次生火，因为那年的秋天气候一直很好。这一天是克罗旭与德·格拉桑两家念念不忘的节日，双方共六口人，摩拳擦掌，全副武装，来到葛家大厅，争着献殷勤。早上，索漠全城人都看见葛朗台太太和小姐在拿侬陪伴下去教区的教堂望弥撒。大家都记得这一天是欧也妮的生日。因此，克罗旭公证人、克罗旭神甫和克·德·蓬风先生算准葛朗台一家该吃完晚饭的时候，便抢在德·格拉桑一家之前，赶来向葛朗台小姐道贺。三个人带来了好几大束从自己小花房里采摘的鲜花。庭长献上的那束，花梗上别出心裁地系着一条配有金色流苏的白缎带。一清早，葛朗台就按照庆祝女儿生日和命名日的习惯，跑到女儿床前把她唤醒，郑重其事地将做父亲的礼物交给她，而所谓礼物，十三年来都是一枚精致的金币。葛朗台太太通常是酌情送一件冬天或者夏天穿的连衫裙。这两件衣服，还有父亲在元旦及自己生日所给的金币是欧也妮一笔小小的私蓄，约摸有一百个埃居，葛朗台高兴地看着她攒起来。这充其量不过是把钱从一个箱子放到另一个箱子罢了，再说还可以从小培养起女儿吝啬的习惯。这笔私蓄加上葛朗台太太外婆家的钱，数目相当可观。所以，葛朗台有时会盘问女儿有多少钱，并且对她说："这就是你将来的压箱钱呀！"压箱钱，是

摩（mó）拳擦掌：形容战斗、竞赛或劳动前精神振奋的样子。

对葛朗台来说，金子是世上最好的东西，送给女儿他认为最好的东西作生日礼物，让人看到了他那一丁点儿的父爱。

一种古老的风俗，法国中部仍然盛行和刻意留传。在贝里和昂热，姑娘出嫁的时候，娘家或婆家都会给她一个钱袋，里面装着十二枚、一百四十四枚，或一千二百枚银币或金币，随家境而定。连最穷的牧羊女出嫁也非有她的压箱钱不可，哪怕是大铜钱也行。在伊苏屯，大家至今还谈论，有个大户人家的姑娘出嫁，压箱钱竟是一百四十四枚葡萄牙金币。梅迪契家族的卡特琳娜嫁给法王亨利二世时，其叔父教皇克莱芒七世送给她十二枚古代的纯金勋章，价值连城。吃晚饭时，葛朗台看见自己的女儿欧也妮穿着新衣服出落得更加可人，便不禁叫了起来："既然今天是欧也妮的生日，咱们就把火生起来，图个吉利吧。"

"小姐今年准能办喜事，没错。"拿侬边撤下吃剩的烧鹅——箍桶匠们的佳肴——边说道。

"我看不出索漠有合适的人家。"葛朗台太太说了一句，一面怯生生地瞅着丈夫，以她那样的年龄，这神态说明可怜的妇人对丈夫一向是逆来顺受。

葛朗台定睛看了看女儿，快活地嚷道："今天她二十三岁了，这孩子，咱们很快便该为她操心了。"

欧也妮和她母亲一声不吭，只是会心地彼此看了一眼。

葛朗台太太生得又干又瘦，皮色黄黄的像木瓜，笨手笨脚，动作迟缓，生就一副受苦受难的面相。骨骼粗大，大鼻子、大脑门、大眼睛，一眼看去，仿佛一个没汁没味，吃起来像棉花套般的干果子。牙齿又黑又稀，嘴角布满皱纹，尖尖的下巴翘起来，像只木底拖鞋。这个女人性情极好，不愧出自拉贝特利耶家族。克罗旭神甫故意找机会告诉她，说她当初长得并不难看，她竟然相信了。她有天使般的温柔，像一只被顽童折磨的虫蚁那样任人摆布，又有罕见的虔诚，永远心境平和，心肠又好，赢得了大家的同情和尊重。她丈夫

价值连城：原指一典故。后用"价值连城"形容物品价值特别高，极其珍贵。

逆来顺受的葛朗台太太不仅长了一副天生受苦受难的面相，而且也承袭了与之相配的受苦受难的命运。巴尔扎克的肖像描写总是可以传神地刻画出人物的方方面面。

给她的零花钱，每次不超过六法郎。这个女人外貌虽然可笑，但她的嫁妆和所继承的遗产，却给葛朗台老头带来了三十万法郎，然而她总有一种自惭形秽、仰人鼻息的感觉。天性的驯善，使她甘为奴隶而不思反抗，从不敢开口要一个铜板。克罗旭公证人要她在文书上签字，她也从无异议。内心深处这种愚蠢的自尊，经常受到葛朗台误解和伤害的这种高尚胸襟，支配着她的一举一动。她经常穿一件发绿的丝质连衣裙，照例一穿就几乎一年，脖子上系一条棉质的大白围巾，头戴一顶缝制的草帽，腰间系一条黑色塔夫绸围裙。她很少出门，所以鞋穿得很省。总之，她一无所求。葛朗台每当想起自从上次给她六法郎以后已经过去很长一段时间，往往感到内疚，因此在出售当年收成的文书上写明，要买主给他太太一笔佣金。于是买葡萄酒的荷兰人或比利时人掏出的四五个路易便成了葛朗台夫人最大的一笔年收入。可是，到她拿到那五个路易的时候，丈夫便对她说："借几个子儿给我，行不？"仿佛他们的钱袋是共有的。可怜的女人一贯听忏悔神甫说，丈夫是她的主宰，她的主人，觉得能为丈夫做点什么事是人生一乐，所以一个冬天下来，总要从那笔佣金中拿出几个埃居还给他。每当葛朗台从口袋掏出一枚五法郎的硬币作零用、买针线和女儿衣着的花销之后，把钱袋扣好，从不忘对妻子说："你呢，当妈妈的也想要点什么吗？"葛朗台太太出于做母亲的尊严往往这样回答：

"这个嘛，以后再说吧。"

这样的高尚纯粹是白费！葛朗台自以为对妻子慷慨得很呢。像拿侬、葛朗台太太和欧也妮这样的人，让哲学家遇上了，岂不有理由认为上帝的本性是要嘲弄人吗？在初次谈到欧也妮终身大事的那顿晚饭之后，拿侬到葛朗台房间里拿来了一瓶黑茶藨子酒，下楼时差点摔了一跤。

内疚(jiù)：内心感觉惭愧不安。

在葛朗台的逻辑里物比人重要！

"笨蛋，"她主人说道，"你也和别人一样站不稳吗，你？"

"先生，这得怪您的这级楼梯不牢靠了呀。"

"她说得对，"葛朗台太太说，"你早该叫人来修理了。昨天，欧也妮也几乎崴了脚。"

"好吧，"葛朗台见拿侬脸都白了，便对她说道，"既然今天是欧也妮的生日，你又差点儿摔倒，那你就喝一小杯酒压压惊罢。"

"是呀！这杯酒该当我喝，"拿侬说道，"换了别人，瓶子早砸了，而我，宁愿摔断胳臂肘也要把瓶子举得高高的。"

"可怜的拿侬！"葛朗台边说边给她倒酒。

"你磕疼了吗？"欧也妮关心地看着她，问道。

"没有，我把腰一挺，就站住了。"

"好吧，既然是欧也妮的生日，"葛朗台说道，"我就给你们把楼梯修修，<u>你们这些人，就不懂得踩边上还结实的地方。</u>"

葛朗台说罢拿起蜡烛，到面包房去找木板、钉子和工具，让他妻子、女儿和女佣留在原地，除了熊熊的灶火，没有任何光亮照明。

"要帮忙吗？"听见他在楼梯上敲敲打打，拿侬大声问道。

"不用！不用！我一个人行。"老箍桶匠回答。

葛朗台一面修理被虫蛀坏了的楼梯，一面高声吹起口哨，回忆年轻时的往事。忽然有人敲门，三位克罗旭来了。

"是您吗，克罗旭先生？"拿侬从小铁栅往外看了看，问道。

"是呀。"庭长回答道。

拿侬把门打开，借着照射到门洞的灶火微光，三位克罗旭才看清正厅的入口。

"噢，你们是来贺生日的。"拿侬闻见了花香，对他们说。

"对不起，诸位，"葛朗台听出了朋友的声音，喊了一句，"我就来！说老实话，楼梯踏级坏了，我正修理哩。"

"修吧，修吧，葛朗台先生，'小小烧炭匠，在家也是个市长'。"庭长说完，自己一个人笑起来，他这句谚语本有所指，却无人领略其中的奥妙。

葛朗台太太母女站了起来。庭长趁屋里光线暗淡，对欧也妮说："小姐，今天是您的生日，我祝您年年快乐，岁岁健康。"

说着，他送上一大束索漠城有钱也难买到的鲜花。然后轻轻托着欧也妮的两肘，得意扬扬地在她脖子两边各亲了一下，把欧也妮羞得不知如何是好。庭长的模样像颗生锈的大铁钉，以为这样就是追求的表示。

"诸位不必拘礼，"葛朗台走进来说道，"庭长，过节就该像过节一样！"

"不过，和令爱在一起，舍侄天天都像过节哩。"克罗旭神甫也献上花束，回答道。

神甫吻了吻欧也妮的手。克罗旭公证人老实不客气地吻了吻姑娘的两颊，说道："岁月催人，又是十二个月过去了！"

葛朗台只要觉得一句玩笑话有意思，便会说个没完。他把蜡烛放回座钟前面，说道："既然是欧也妮的生日，咱们就来个灯火通明吧！"

他小心翼翼地把烛台的枝子拆下来，安上烛盘，从拿侬手里接过一支绕着纸卷的新蜡烛，插入洞眼，然后固定、点燃，接着回到他妻子身旁坐下，轮流看了看几位客人、女儿和那两支蜡烛。克罗旭神甫是个矮胖子，浑身是肉，一头扁平的红棕色假发，面孔像个嗜赌的老太婆。他把套着银搭扣大皮鞋的双脚往前一伸，问道："格拉桑一家没来吗？"

"还没来。"葛朗台答道。

"他们会来的吧？"老公证人边问边抖动他那张漏勺般的麻脸。

"我想会的。"葛朗台太太回答。

"您的葡萄收完了吗？"德·蓬风庭长问葛朗台。

"全收完了！"葛朗台老头说着站起来，挺着胸膛，在屋里踱来踱去，傲气十足地又说了一句"全收完了！"忽然，他透过走廊里通往厨房的门，瞥见大个子拿侬坐在灶前，点着一支蜡烛，打算在那儿纺麻，不参与他们的喜庆活动。便一步跨进走廊，嚷道："拿侬，你把灶火灭掉，蜡烛吹了，到我们这儿来好不好？真的，屋里地方大，容得了你。"

"可是，先生，您有贵客。"

"难道你跟他们不一样？他们和你不都是上帝造出来的吗？"

葛朗台又走回庭长身旁，对他说："您的收成都出手了吗？"

"没有，说真的，我想缓一缓。现在的酒好，两年之后更佳。大家都知道，有葡萄酒出售的人都商议好统一价格，今年，那些比利时人可斗不过我们了。他们如果现在不买，好嘛，将来肯定会回头的。"

"对，可是咱们得坚持住。"葛朗台的声调使庭长打了个寒战。

"他会不会偷偷出手呢？"克罗旭心里嘀咕。

这时候，槌声一响，通报格拉桑一家来了。他们的到来打断了葛朗台太太和神甫刚刚开始的谈话。

德·格拉桑太太是个矮小活泼的女人，身材风韵，皮肤白里透红，由于在外省过着修道院般的生活，一向洁身自爱，所以四十岁还保养得像年轻人一样。这种女人如同节气过了的最后几朵玫瑰，看了招人喜爱，但花瓣却异样冰冷，只剩

葛朗台的精打细算是"时刻准备着"的。简单的一根蜡烛，从又一个角度显出他的吝啬。

强调说明德·格拉桑太太仍然很美，年过四十丰韵犹存。

下淡淡的残香了。她穿着相当讲究，行头都是从巴黎运来的，她是索漠城的时装典范，还经常在家举行晚会。她丈夫当过帝国禁卫军的军需官，奥斯特利茨一役受了重伤，退了伍，尽管对葛朗台很尊敬，但依然保持军人的率直风度。

"你好，葛朗台。"他说着向葡萄园主伸出手来，这副高人一等的气派，往往使几位克罗旭显得矮他一头。他向葛朗台夫人行过礼，对欧也妮说："小姐，您总是那么美丽，那么贤惠，我实在不知道祝贺您什么才好。"接着，他从仆人手里拿过一个小箱，献给欧也妮，箱子里装的是一株刚从南非好望角带到欧洲来的稀罕植物欧石南。

德·格拉桑太太亲热地拥抱了欧也妮，握住她的手，对她说："阿道尔夫要亲自将我的一件纪念品送给你。"

阿道尔夫是位高个子金发青年，脸色苍白，身材瘦削，举止文雅，表面看有点腼腆，但他在巴黎读法律，除了膳宿费之外，刚刚花掉了八千到一万法郎。此时，他走上前，亲了亲欧也妮的两颊，献上一个针线匣，里面的用具都是镀金的，地地道道的假货，不过匣盖上用花体字刻着欧也妮·葛朗台姓名的缩写，雕工相当精细。欧也妮打开一看，不禁大喜过望。那是一种使少女们脸红、心跳、发抖的由衷的快乐。她转眼看看父亲，似乎想知道是否允许她接受。葛朗台说了声："收下罢，女儿！"音调之铿锵，足以让一个演员一举成名。

如此贵重的礼物，欧也妮还从来没见识过，不由得把快乐而兴奋的目光投向阿道尔夫·德·格拉桑，三位克罗旭看了不禁目瞪口呆。德·格拉桑先生把鼻烟递给葛朗台，自己也拿了一撮，别在他蓝上衣扣眼上的荣誉勋位绶带沾了点烟末，他用手掸了掸，然后看着三位克罗旭，神气似乎在说："你们能接我这一招吗？"德·格拉桑太太故意装出一副嘲弄

一件"地地道道的假货"就使欧也妮"大喜过望"，也使得德·格拉桑一家在这场争夺战中暂时占据上风，扬扬得意。事实上，争夺欧也妮的两家人都很客气，使得这场争夺颇为滑稽可笑。

目瞪口呆：形容受惊而愣住的样子。

的神态，寻找三位克罗旭带来的礼物，看了看他们插在蓝花瓶里的那几束鲜花。在这个微妙的时刻，克罗旭神甫离开围坐在火旁的众人，和葛朗台踱到屋子的另一头。两个老友走到离德·格拉桑一家最近的窗口时，神甫凑近吝啬鬼的耳朵，对他说："这些人简直把钱往窗外扔。"

"如果钱扔进我的地窖，那有什么关系？"葡萄园主反问了一句。

"您想给女儿打把金剪刀也不成问题。"神甫说道。

"我给她的东西比金剪刀贵重得多哩。"葛朗台回答。

克罗旭庭长那张紫膛色的脸本来就难看，加上头发蓬乱，实在让人不敢恭维。神甫看了他一眼，心想："我这侄子真是个笨蛋，难道一件能糊弄人的有点分量的小玩意也想不出来吗？"

"我们陪您玩牌吧，葛朗台太太。"德·格拉桑太太说。

"咱们人都来齐了，可以分两桌……"

"既然是欧也妮的生日，你们玩摸彩好了，这样两个孩子也能参加。"葛朗台说着指了指自己的女儿和阿道尔夫。老箍桶匠是什么游戏也不参加的。"喂，拿侬，摆桌子。"

"我们来帮您，拿侬小姐，"德·格拉桑太太快活地说道。能讨得欧也妮的欢心，她当然非常高兴。

"我一辈子没这么快活过，"欧也妮对她说，"我从来没见过这么好看的东西。"

"这是阿道尔夫从巴黎带回来的，是他亲自挑选的。"德·格拉桑太太凑到她耳边说道。

"干吧，加劲干吧，诡计多端的臭婆娘！"庭长私下骂道，"你或者你丈夫如果打官司，有你们的好果子吃。"

坐在一个角落的公证人不动声色地看着神甫，心想："德·格拉桑一家白费心思。我的家产加上我兄弟的和我侄儿

注意克罗旭神甫和老葛朗台两人间的精彩对话，精彩地表现了人物的性格。

诡计多端：形容狡诈的计策非常多。

不动声色：内心活动不从语气和神态上表现出来。形容态度镇静。

的，足有一百一十万法郎。而他们最多只有我们的一半，还有一个女儿要嫁。他们爱送什么就送好了。葛朗台的女儿和礼物，总有一天会统统归我们。"

晚上八点半，两张桌子都支好了。漂亮的德·格拉桑太太想办法使自己的儿子坐在欧也妮旁边。这饶有意趣的场面，尽管表面看来平淡无奇，演员们都拿着有数字的花色纸牌和蓝色的玻璃筹码，边玩边像在听老公证人讲笑话，——老头子每抽一张牌总要开个玩笑——其实大家心里惦记的都是葛朗台那几百万家产。

老箍桶匠扬扬自得地端详着德·格拉桑夫人帽子上粉红色的羽毛和鲜艳的打扮、银行家充满阳刚之气的脸相和阿道尔夫、庭长、神甫、公证人的面孔，心想："他们都是冲着我的钱来的，为了我的女儿来这儿找罪受。哼！我闺女谁也不给，我要利用这些家伙为我钓大鱼！"

两支蜡烛将灰色的古老客厅照得半明不暗，但却洋溢着家庭般的欢乐气氛。笑声伴随着大个子拿侬的纺织声，但只有欧也妮和她母亲的笑是真诚的，其他人的卑鄙心胸却只关切重大的利益。年轻姑娘好比一只不知道自己被标以高价出售的小鸟，对周围的讨好、奉承以及向她表示的友谊信以为真。凡此种种，使当时的场面既可笑又可叹。其实，古往今来，世界各地不是都有这样的景象发生吗？这里不过表现得简单直接罢了。葛朗台充分利用两家人的虚情假意，占尽了便宜，成了这幕戏的中心和主宰。他的脸不就是今天人们相信的唯一上帝，法力无边的财神爷形象吗？生活中温馨的感情在这儿已经退居次要的地位，只能激动拿侬、欧也妮和她母亲三颗纯洁的心。她们天真无邪又非常无知。欧也妮母女俩根本不知道葛朗台有多少财富，对生活里的一切事只凭简单的想法去判断，对金钱既不看重，也不轻视，从来就没有

老狐狸葛朗台的目的是要以女儿为饵，利用和控制克、格两家为自己谋利。可是如果克、格两家不是另有所图又怎会被人利用？看来是他们心甘情愿地自投罗网，不值得同情！

在欢乐祥和的热闹场面的掩盖下，是两家人的各怀鬼胎。吸引他们的除了金钱，别无他物。如此肮脏复杂的世界自然是拿侬、欧也妮和她母亲三颗纯洁的心所不能理解的。

花钱的习惯。她们不知不觉受到伤害而依然强烈的感情、她们内心对生活的执着，使她们与这群利欲熏心的人迥然有别。人的命运真可怕！没有一宗幸福不是因浑浑噩噩而来的。

葛朗台太太中了一次十六个苏的彩，是全场赢得最多的一次。拿侬见女主人赢了那么大一笔钱，开心得直乐。正在这个时候，门上槌子唣的一声，响声之大把女眷们吓得从椅子上直蹦起来。

"这样敲门一定不是本地人。"公证人说道。

"怎么能这样敲门，"拿侬说道，"难道想把门砸了吗?"

"到底是谁呀?"葛朗台大叫了一声。

拿侬拿起一支蜡烛去开门，后面跟着葛朗台。

"葛朗台，葛朗台，"他老伴感到不妙，也向门口跑去。

玩牌的人都面面相觑。

"咱们去看看，怎么样?"德·格拉桑先生说道，"我看这槌声有点不善。"

这时他看见一个年轻人的脸，后面跟着驿站的搬运夫，扛着两只大箱子，拖着几个铺盖卷。葛朗台突然转身对妻子说："葛朗台太太，回去玩你们的摸彩，让我来接待这位先生。"说罢把客厅的门砰地拉上了。屋里心神不定的人们于是各归各位，但并没有继续玩下去。

"是不是本地人?"德·格拉桑太太问自己的丈夫。

"不，是外地的。"

"一定是从巴黎来的。"公证人掏出自己那块厚约两指、形状像条荷兰船的老怀表看了看，说道，"果然，九点整。真不简单! 大站的驿车从不误点。"

"来的是不是个年轻人?"克罗旭神甫问道。

"是的。"德·格拉桑先生答道，"行李少说也有三百公

不速之客来到了，是谁呢? 凭直觉他好像会改变在座各位的命运。

斤重。"

"拿侬还没回来。"欧也妮说道。

"也许是府上的亲戚。"庭长说。

"咱们下注吧,"葛朗台太太柔声说了一句,"听葛朗台先生的声音,我觉得他有点生气,也许是不高兴咱们谈他的事。"

"小姐,"阿道尔夫对坐在旁边的欧也妮说,"一定是您的堂兄弟,我在德·纽沁根先生家的舞会上见过他,是个漂亮小伙。"这时他母亲踩了他一脚,他就没往下说。母亲故意抬高声音向他要两个苏下注,趁机凑到他耳边说:"住嘴,你这个大笨蛋!"

这时候,大家听见拿侬和那个搬运工往楼上走,葛朗台和那位客人走了进来。适才客人已经挑起众人的好奇心,引起了诸多猜测,现在此人进了屋,来到这些人中间,那情形真好比一只蜗牛掉进了蜂窝,或者一只孔雀闯进了一个黑魆魆的鸡棚。

"坐到壁炉这儿来吧。"葛朗台对他说。

年轻的陌生人落座之前很潇洒地向大家行礼,男客们连忙站起来欠身还礼,女眷们则深深道了万福。

"您一定感到冷了,先生。"葛朗台太太问道,"您大概是从⋯⋯"

老葡萄园主正看着手里拿的一封信,闻言说了一句:"娘儿们就是这一套,让先生歇歇吧。"

"不过父亲,也许先生需要点什么。"欧也妮说道。

"他自己有嘴。"葡萄园主厉声说道。

这种情形只有陌生人感到惊讶,其他人对葛朗台这种霸道早就司空见惯了。听了这几句问答,陌生人站起身,背对壁炉,抬起一只脚烤靴底,同时对欧也妮说:"堂姐,谢谢你，我在图尔吃过晚饭了，"接着看了看葛朗台，又说道："我什么都不需要，我甚至一点儿也不累。"

"先生是从京城来的吧。"德·格拉桑太太问道。

巴黎葛朗台的这个儿子名叫夏尔。他听见有人询问，便拿起用一根小链子挂在脖子上的长柄眼镜，戴在右眼上，仔细察看桌子上的东西和周围坐着的人。他放肆地端详德·格拉桑太太。把一切都看在眼里以后才对她说："是的，夫人。你们在玩摸彩，"他接着又说道，"大家请便，继续玩吧，这么有趣的牌戏，怎么能停呢……"

端详：仔细地看。

"我早就知道，一定是那位堂兄弟来了。"德·格拉桑太太边想边向他飞了几个媚眼。

"四十七，"老神甫喊道，"记分呀，德·格拉桑太太，这不是您的号码吗？"

德·格拉桑先生在他妻子的纸板上放了一个筹码，他妻子却有不祥的预感，看看那个从巴黎来的堂兄弟，又看看欧也妮，根本想不起摸彩这件事。欧也妮不时偷眼看她的堂兄弟。银行家的太太不难发现她对这位堂兄弟流露出越来越多的好奇与惊讶。

▌情境赏析▌

整个小说的开头部分都是典型环境的描写，这一环境是欧也妮和葛朗台共同生活其中的，富有时代特征，对他们性格的形成和发展有很大影响。但是，欧也妮的生活是封闭的，很少与外界接触的，新的、资本主义时代对她的影响不大，旧的、封建时代对她有较大的影响；葛朗台由于从事各种经营活动，还担任过索漠的行政官员，受资本主义的影响较多，受封建时代的影响较少。这是他们两人性格不同、产生矛盾冲突的根源。

小说选取了欧也妮生日这一天开场。紧接着环境描写和对葛朗台的简要勾画以后，作者将城里最有势力的两家，即克罗旭和格拉桑对拥有巨大家产的欧也妮的争夺推到前台。他们互相诋毁，想得到葛朗台和欧也妮的欢心。葛朗台却自有打算，他对这两家统统看不中，只想利用他们来"钓鱼"。

▌名家点评▌

巴尔扎克的小说，广泛而深刻地反映了19世纪上半叶法国的社会生活。给我们提供了一部法国社会，特别是巴黎上流社会的卓越的历史。

——［德］恩格斯

巴尔扎克笔下 19 世纪的法兰西，从上到下无不腐败堕落，汹涌着一股浊流。上流社会的名公巨子沉湎酒色，追逐权势。他们大多风流倜傥，聪明过人，精通贵族的排场、礼仪和一切吃喝玩乐之道。他们穿着雅致的服饰，凭借他们的翩翩风度在巴黎的十里洋场中拈花惹草。夏尔·葛朗台就是他们中的一个，这位不速之客竟然从衮衮华昭的巴黎来到了这个悒郁闭塞的小镇，一定是发生了什么不同寻常的事情，他的到来又在葛朗台府和这个小镇上掀起了怎样的风波呢？

夏尔·葛朗台是个二十二岁的美少年，此时与这帮地道的外省人形成了奇怪的对比。他的贵族气派早已令他们心中不快，都在琢磨如何嘲弄他一番。这一点需要说明一下。

二十二岁的年轻人还和孩子差不多，处世还很幼稚。因此，他们一百个人当中，可能有九十九个行事和夏尔·葛朗台一样。这个晚上的前几天，他父亲吩咐他去索漠的伯父家住几个月，也许这位住在巴黎的葛朗台想到了欧也妮吧。夏尔第一次去外省，想摆出时髦少年的派头，炫耀一番，以自己的阔气让当地人不敢望其项背；将巴黎生活里的种种新玩意带去，在当地开风气之先。总之一句话，他打算在索漠比在巴黎花更多的时间修指甲，在衣着上要分外讲究，不像有些风流少年往往为了表示潇洒而不修边幅。因此他随身带了巴黎最漂亮的猎装，最漂亮的猎枪，最好看的猎刀和刀鞘。还有一大套别出心裁的背心：灰的、白的、黑的、金龟子色的、闪金的、带亮片的、花条纹的、双襟的、高领口或直领口的、翻领的、纽扣一直扣到脖子的、带金扣的。还有当时十分流行的各种硬领和领带、著名裁缝布伊松做的两件外衣和最考究的衬衫、他母亲送的整套足金梳洗用具。

凡是公子哥儿的用品都带了，连一位最美丽的女人（至少他认为是如此）给他的礼物，一只小巧玲珑的文具盒也没有忘记。他称这位名门贵妇为安奈特，此刻正百无聊赖地陪伴丈夫在苏格兰旅行，因受流言中伤，只好暂时牺牲一下幸福。他还带了非常漂亮的信纸，以便每半个月给她写一封信。总之，巴黎风花雪月的那一大套东西无一或缺，从决斗开场时使用的马鞭，直到雕工精巧的手枪，游手好闲的人打发日子的家当全齐了。他父亲叫他别带仆人，少花点钱，所以他是订了一辆驿站的马车来的，这样就不必动用那辆专门定造，打算明年六月坐着去巴登温泉与贵妇人安奈特相会的漂亮旅游车了。夏尔准备在伯父家会见上百位客人，在伯父的森林里围猎，总之过一下领主的生活。他没想到伯父就在索漠，他打听葛朗台只是为了问去弗鲁瓦丰的路。后来知道伯父就在城里，便以为住的一定是座豪宅。不管是索漠也好，弗鲁瓦丰也好，第一次到伯父家，一定要给人一个好印象，所以他一身旅行打扮既美观讲究，又简朴大方，用当时概括一件东西或一个人完美无缺的话讲，简直帅极了。漂亮的栗色头发刚刚在图尔请理发师烫过，换了衬衫，系一条黑缎子领带，配上圆领，衬托着一张笑吟吟的白脸蛋；一件紧身的旅行外衣半系着扣，露出一件高领开司米羊毛背心，里面又是一件白背心。怀表漫不经心地随便放在一个口袋里，短短的金表链拴在扣眼上。灰色的长裤，两边系扣，加上黑丝线所绣的图案，显得美观大方；他手里挥动着一根手杖，风度十分潇洒，黄金雕刻的杖头和色泽鲜艳的灰手套相得益彰。最后，他的便帽同样品位高雅。

这一切行头只有巴黎人，最上层的巴黎人才能拼凑在一起而不显得可笑，使这些无聊的玩意协调而不至于显得画蛇添足，此外还配上他那种年轻人的帅气，一望而知他有漂亮的手枪、百发百中的枪法和安奈特那样的情妇。现在，如果诸位想理解那几位索漠的居民和这位年轻的巴黎人各自的惊讶，想看清来客的翩翩风度在屋子灰暗的阴影里以及组成这幅家庭景象的人物中间所产生的强烈效应，就必须将三位克罗旭的样子想象一番。他们三个人都吸鼻烟，流下的鼻水将褶裥发黄的棕红色翻领衬衣的衣襟弄得污迹斑斑，但他们久已不理会这些了。软塌塌的领带，一系上脖子就像绳子一样扭在一起。他们的衬衣很多，可以六个月才洗一次，放在柜底，日子一久便变旧发灰。总之，他们全身都散发出一种衰老和邋遢的气息。他们的脸和身上的衣服一样残旧，和裤子一样布满了皱褶，可谓容貌枯槁，扭曲而变了形。其他人对服装同样马虎大意，不仅不配套，也不光鲜。外省人的衣着大抵如此，大家只关心手套的价钱，对穿给人看的衣服便不那么注意了。这一点格拉桑和几个克罗旭倒是一致的。不喜欢时髦是格拉桑党和克罗旭党唯一达成一致的地方。只要那位巴黎人拿起长柄眼镜仔细观察屋里古怪的陈设、头上的房梁、护墙板的色泽，以及上面数量多得足可标点《分类百科全书》和《箴言报》的苍蝇屎，玩摸彩的人们便立刻抬起头来，像看一只长颈鹿那样，好奇地打量他。德·格拉桑先生和他的儿子并非没见过时髦人物，但也和在座的其他人一样惊讶，也许是为大家的情绪所感染，也许是表示赞同吧。他们挤眉弄眼，满含嘲讽地似乎对大家说："瞧，他们巴黎人就是这个劲儿。"所有人都可以这样随便端详夏尔，不必担心主人不高兴，因为葛朗台正全神贯注地看手里那封长信，拿走了桌上唯一的那支蜡烛，全不理会客人和他们的兴致。欧也妮从来没见过这样完美的衣着和人物，把她这位堂兄弟当成从天而降的神人。鼻子里闻着从他那亮泽而美丽的卷发飘逸出的阵阵香气，不禁陶然欲醉。她真想抚摸一下夏尔精美的手套的雪白皮子。她羡慕夏尔那双小手、他的皮色、他娇嫩俊美的脸庞。总之，这位俊俏公子给欧也妮的总体印象大致便是如此。欧也妮是个没见过世面的姑娘，平日只是忙于缝补袜子、给父亲补衣服，在污秽的天花板下度时光。寂静的大街上一个钟头也难见一个行人，堂兄弟的出现在她心里引起了一阵骚动，爱慕之情油然而生，好比一个年轻人看到画册上威斯托尔所画、芬登兄弟所刻的千娇百媚的美人，怎能不为之倾倒？那些仙女般的美人的确呼之欲出，似乎吹口气便会破壁飞去。夏尔从口袋里掏出一块手绢，是正在苏格兰游历的那位贵妇人绣的。看见这件精美的爱情信物，欧也妮定睛看着堂兄弟，想知道他是否真拿来用。夏尔的风度、仪表、拿长柄眼镜的姿势、故意装出的傲慢、对刚才颇博得她欢心的针线盒的不屑一顾——显然认为它毫无价值，十分可笑，总之，凡是令克罗旭和德·格拉桑们反感的东西，她都喜欢，使她晚上睡觉也浮想联翩，念念不忘堂兄弟这位人中凤凰。

摸彩游戏进行得很慢，不久也就停了。大个子拿侬进来，大声说："太太，该拿被单给客人铺床了。"

葛朗台太太跟着拿侬走了。德·格拉桑太太低声说道："把钱收起来别玩了吧。"于是，每人都从放钱的缺口小碟里拿回自己的几个苏。接着，大家活动了一下，坐到壁炉跟前聊天。

"你们不玩了?"葛朗台边说边继续看信。

"不玩了，不玩了。"德·格拉桑太太说着走到夏尔身旁坐下。欧也妮如同一般春心萌动的少女，灵机一动，便离开客厅去给母亲和拿侬帮忙。如果这时候有忏悔师问她，她一定会回答说，此刻她一没想到母亲，二没想到拿侬，而是急切想巡视一下她堂兄弟的卧室，想要去照料他，在他屋里添点什么东西，唯恐别人会遗漏。她样样考虑周全，尽量使他的卧室漂亮、干净。欧也妮已经认为只有她才了解堂兄弟的品位和想法。果然，她来得正是时候，正赶上向母亲和拿侬说明：他们以为一切都已安排妥当，其实什么都不到位。她提醒拿侬用炭火盆将被烘热，她亲自找块台布将旧桌子蒙上，一再嘱咐拿侬每天早上都要更换桌布，还说服母亲必须将壁炉生得暖暖和和，要拿侬瞒着她父亲，抱来一大堆木柴，堆放在走廊里。她去正厅的橱架上找来已故德·拉贝特利耶老先生留下的一个旧漆盘、一只六棱水晶杯、一把金色褪尽的小勺、一个刻有爱情小天使的大瓶，得意扬扬地将这一切摆在壁炉的一角。这一刻钟里，她的主意之多超过了她出生以来的总和。

"妈妈，"她说道，"我堂兄弟绝对受不了大油烛的气味。咱们买点白蜡烛怎样?"说着，她像小鸟般轻快地奔去，从钱袋中掏出刚拿到的当月五法郎零花钱，"给，拿侬，快去。"她说道。

葛朗台太太看见女儿拿起一个糖罐——那是葛朗台从弗鲁瓦丰庄园带回来的一件塞夫勒古老瓷器，便高声反对说："你疯了吗？你爹知道了怎么办？再说，到哪里去弄糖呢？"

"妈，拿侬能去买蜡烛，当然也可以买糖啰。"

"可你爹怎么办？"

"如果他侄儿连杯糖水也喝不上，那像话吗？再说，他不会注意的。"

"什么都逃不过你爹的眼睛。"葛朗台太太摇了摇头，说道。

拿侬犹豫了，她知道主人的脾气。

"拿侬，你倒是去呀！今天不是我生日吗？"

拿侬生平第一次听见小主人开玩笑，不禁大笑起来，于是照办了。欧也妮和她母亲想方设法布置葛朗台安排给侄儿的住房时，德·格拉桑太太正向夏尔大献殷勤，言语间百般挑逗。她对夏尔说："先生，您真有勇气，在冬天敢离开首都的花花世界，住到索漠这儿来。不过，如果您不觉得我们太讨厌，您会发现，这里也还是可以寻欢作乐的。"

说着，她向夏尔抛了一个地道的外省媚眼。外省女人的目光平日十分拘谨、审慎，反而格外容易泄露贪馋的欲念，那些将一切欢乐看成男盗女娼的教士便有这样的眼神。夏尔原以为伯父住在宽敞的庄园，生活阔绰豪华，眼前的景象和他的想象相距之远，使他大感困惑。仔细审视之下，他发现德·格拉桑太太身上还有点巴黎女人的影子。于是欣然接受了对方的相邀之意，两人很自然地攀谈起来。德·格拉桑太太越来越压低声音，以便与体己话的内容相协调。此时他们两人都有相互倾诉衷肠的需要。所以，经过一阵调情卖俏，又开了几个严肃的玩笑之后，那个手段高明的外省女子趁其他人大谈当时索漠人最关心的葡萄酒行情之际，根本不怕别人听见，竟大胆地对他说："先生，如果您肯赏脸光临寒舍，我丈夫和我本人都会非常高兴。寒舍的客厅是全索漠城殷商巨贾、贵族人士的唯一聚会之所，因为我们家同属这两个阶层。他们只愿在我们家会面，好玩个痛快。我可以自豪地说一句，他们都很器重我丈夫。这样，我们可以设法使您的生活不至于太沉闷。如果您老待在葛朗台先生这里，我的天，您非闷死不可！您伯父是个守财奴，整天想的只是他的葡萄园，您婶子是个没头脑的人，只知道念经，您堂姐是糊涂虫、缺乏教育、没有嫁妆、毫无特色，只知道缝抹布打发日子。"

夏尔边和德·格拉桑太太搭腔边想："这女人很不错嘛。"

"我的太太，看来你是想一个人独占这位先生了。"又高又胖的银行家大笑着说。

听见他这样说，公证人和庭长也说了几句俏皮话。神甫则狡猾地看了看他们，吸了一撮鼻烟，将鼻烟壶向大家让了让，然后给大家的想法做了一个概括："要代表索漠向这位先生表示敬意，真是非夫人莫属啊。"

"神甫先生，您这话是什么意思？"德·格拉桑先生问道。

"先生，我这句话对您、您夫人、对索漠城和这位先生都是一番好意。"狡猾的老家伙边说边转身看着夏尔。

刚才克罗旭神甫看上去丝毫没有注意，其实已经猜到了夏尔和德·格拉桑太太之间的谈话内容。

"先生，"阿道尔夫终于装出若无其事的样子对夏尔说道，"我不知道您对我是否还有点印象。在德·纽沁根男爵府举行的舞会上，我曾经有幸见过您一面，并且……"

"没错，先生，没错。"夏尔惊讶地发现大家都在向他献殷勤，连忙回答道。

"这位是令郎吗？"他问德·格拉桑太太。

神甫狡猾地看了做母亲的一眼。

"是的，先生。"她回答道。

"这么说您很年轻就去巴黎了？"夏尔转过身又问阿道尔夫。

"有什么办法呢，先生，"神甫说道，"他们一断奶，我们就打发他们去巴黎这个声色犬马之都了。"

德·格拉桑太太满含深意地向神甫投去一瞥询问的目光。神甫又继续说道："只有在外省才能找到三十几岁像夫人这样的女性，儿子在大学念法律都快毕业了，母亲还那么娇嫩。夫人，当年舞会上，少男少女们站在椅子上看您跳舞的情形，至今我还觉得历历在目呢。"神甫转身看着他的异性对手又说道，"对我来说，您的辉煌恍如昨……"

"喔！这个老浑蛋！"德·格拉桑太太心中暗骂，"难道他猜出我的心事来了？"

"看来我在索漠会大出风头呢。"夏尔边想边解开礼服上的纽扣，一只手插进背心里，眼睛环视周围，模仿尚特雷刻刀下拜伦勋爵的姿势。

葛朗台毫不理会众人，或者不如说，他一心看信的神态没能逃过公证人和庭长的眼睛。葛朗台的脸被烛光照得清清楚楚，他们想从他脸上几乎觉察不出来的表情去推测信的内容。葡萄园主难以保持往日的镇定。在读下面这封该死的信时他会装出怎样的表情，大家不难想象。

哥哥，咱们快二十三年没见面了。最后一次会面是我结婚的时候，后来咱们高高兴兴地分了手。当然，我怎么也想不到，有朝一日家里要靠你一个人支撑。当时家业兴旺，你为此高兴不已。你拿到这封信时，我已不在人世了。以我的地位，一旦破产，真不愿忍辱偷生。我在深渊边上一直坚持到最后一刻，总希望能化险为夷，但摔下去已在所难免。我的证券经纪人和公证人罗甘双双破产，夺走了我最后的希望，我已一无所有。欠债接近四百万却只能还其中的百分之二十五多一点。你们的葡萄收成既佳，质量又好，使市价惨跌，我库存的葡萄酒大受影响。三天之后，全巴黎都会说："葛朗台原来是个骗子！"我一生诚实，死后却要蒙羞。我玷污了我儿子的姓氏，夺走了他母亲的财产。我那可怜而心爱的孩子对这一切还蒙在鼓里。他离开时我们依依惜别，所幸当时他还不知道，这一别便成永诀。将来他会不会诅咒我呢？大哥啊大哥，儿女的诅咒太可怕了，我们诅咒，他们可以央告，但他们的诅咒却是无法补救的呀。你是我的大哥，你应该庇护我，想办法使夏尔在我坟前不说任何恨我的话！大哥啊！如果这封信是用我的眼泪、我的鲜血写的，我就不至于像信里所说的那么痛苦了，因为这样我便可以哭、可以流血、可以死、可以不再痛苦。但我现在痛苦万分，面对死亡而欲哭无泪。如今你是夏尔的父亲了！他没有他母亲家的亲戚，原因你是清楚的。为什么当初我不顺从社会的偏见呢？为什么我要向爱情让步呢？为什么我非娶一个大贵族的私生女不可呢？现在夏尔已经没有任何亲人了。啊！我可怜的儿子！儿子！你听着，葛朗台，我来恳求你并不是为了我自己，再说，你的家产恐怕也够不上作三百万的按揭，我求你是为了我的儿子！大哥啊，你要知道，我想到你的时候是双手合十地央求你的。葛朗台，临死前我把夏尔托付给你。总之，一想到有你做他的父亲，我面对手枪也不觉得痛苦了。夏尔很孝顺，我对他也很慈爱，从来都是有求必应，他不会恨我的。另外，你会看到，他性格温驯，像他母亲，绝不会让你烦恼。可怜的孩子！他享受惯了。咱们两人小时候缺衣少食的苦日子他根本没过过……可现在他已倾家荡产，孤苦伶仃了。对，朋友们一定都会躲着他，而他受羞辱都是我的过错。唉！我真希望我的手臂有足够的力气，能够一下子把他送到天上他母亲的身旁。我真是疯了！还是再谈谈我和夏尔的苦难吧。我现在将他送到你那里，希望你用恰当的方式将我的死讯和他未来的命运告诉他。望你待他如子，做他的慈父。别让他一下子离开悠闲的生活，那会要他的命的。我要跪下请求他放弃他母亲留给他的遗产，不要向我讨债。不过，这种要求实在多余，他有荣誉感，一定会觉得不应该站到我的债权人那一边。请你趁来得及的时候叫他放弃继承我的遗产。请你向他解释我给他造成的艰难处境。还有，如果他对我尚有孝心，请代我告诉他，他不必绝望。勤奋工作当初曾将你我救出苦海，他也可以靠勤奋工作将被我夺走的财富挣回来。如果他还想听他父亲一句话，我真想从坟墓里钻出来告诉他，叫他远走他乡，到印度去！大哥，夏尔是个诚实勇敢的年轻人，你可以给他一批货，他宁死也不会赖掉你供给他的第一批资金的。葛朗台，你一定要借给他钱，否则你会后悔的。啊！如果我的孩子从你那里得不到援助和慈爱，我会永远祈求上帝，惩罚你的冷酷无情。如果我能救出部分证券，我便有权在他母亲的财产里留一笔钱给他。

可是月底的支出耗尽了我所有的财力。本来我在孩子前途未卜之前是死不瞑目的，我真想握握你温暖的手，感受一下你神圣的诺言，可是时间已经来不及了。夏尔上了路，我便要查点我的账目，尽量证明，我做买卖一向诚实，纵然生意失败也不欺不诈。这难道不是为了夏尔着想吗？永别了，大哥，我以子相托，你会慨然接受，这一点我毫不怀疑，愿上帝赐福予你。在那个我们所有人迟早都会去而我已经先走一步的世界，将有一个声音永远为你祈祷。

维克托—昂热—纪尧姆·葛朗台

　　看完信，葛朗台按原来的折痕折好，放在背心口袋里。然后问了一句："你们在聊天吗？"接着，他看了看他侄子，诚惶诚恐地，想掩盖心里的激动和打算。"你暖和过来了吗？"

　　"亲爱的伯父，暖和极了。"

　　"咦，娘儿们都上哪儿去了？"葛朗台早已把侄子要在他家过夜这件事忘了，问道。这时，欧也妮和葛朗台太太回到了客厅。葛朗台又镇静了下来，问她们两人："上面都拾掇好了？"

　　"都好了，父亲。"

　　"那好，侄儿，如果你觉得累，就让拿侬带你到房间休息。当然，那可不是公子哥儿住的套房！不过，请你体谅种葡萄的穷人，捐税把我们都刮光了。"

　　"我们是知趣的人，葛朗台，"银行家说道，"您一定有话要和令侄谈，我们告辞了。明天见。"

　　听了这番话，大家都站了起来，各自行礼道别。老公证人到门边拿灯，回来点着了，提议送德·格拉桑一家回去。德·格拉桑太太没料到中间出了事，晚会提前结束，她的仆人还没来。

　　"夫人，肯赏脸让我搀着您吗？"克罗旭神甫问德·格拉桑太太。

　　"谢谢，神甫先生，我儿子会照顾我。"她冷冷地回答。

　　"和我在一起绝不会有损太太们的名声。"神甫说道。

"那就让克罗旭先生搀着你吧。"她丈夫说道。

神甫于是搀着美丽的太太，轻快地紧走几步，领先在众人前面。

"夫人，那个年轻人很不错啊。"神甫紧捏了一下格拉桑太太的胳膊。"葡萄已收完，箩筐没用场，您别打葛朗台小姐的主意啦，欧也妮是给那个巴黎小子准备的。除非这位堂兄弟在巴黎已有心上人，否则他就是令郎阿道尔夫的情敌，最……"

"算了吧，神甫先生。他很快便会发现，欧也妮是个傻丫头，一点不鲜嫩。您注意到了没有？今晚，她脸色黄得像木瓜。"

"这一点，您大概已提醒了那位堂兄弟。"

"我可是老实不客气……"

"夫人，以后请您永远坐在欧也妮旁边，这样，您就不必对那个年轻人说他堂姐怎样怎样，他自己会作出比较……"

"首先，他已经答应后天来我家吃晚饭。"

"哦，如果您愿意，夫人。"神甫说道。

"神甫先生，我愿意什么？您是不是想给我出什么坏点子？我已经三十九岁，就算拿莫卧儿大帝国做交换，也犯不上玷污我这一生的清白吧！你我都一把年纪了，说话也该有点分寸。作为神职人员，您的某些思想实在和您的身份不相称。呸！倒像《福勃拉斯》书里说的话一样。"

"这么说，您看过《福勃拉斯》这本书啰？"

"没有，神甫先生，我说的是《危险的关系》。"

"哦，这一部正经多了。"神甫笑着说道，"您把我看得像现代青年那样道德败坏！其实我只不过想……"

"您敢说并不想教我学坏？这不是明摆着吗？这个青年很不错，我承认，如果他追求我，就不会想到他的堂姐了。我知道，在巴黎，有些好心的母亲为了儿女的财产和幸福不惜出此下策，可咱们是在外省啊，神甫。"

"说得对，夫人。"

"而且，"她又说道，"我不愿意，阿道尔夫本人也不会愿意为了一亿法郎而付出如此代价。"

"夫人，我并没有说一亿。诱惑来了，也许你我都无力抗拒。不过，我认为一个玉洁冰清的女人，逢场作戏，调调情也无伤大雅，何况这也是女人在社交场合的一种责任……"

"您真的这样认为？"

"夫人，难道我们不应该努力使别人心情舒畅吗？……对不起，我擤一下鼻子。我向您保证，夫人，"他又说道，"他拿长柄眼镜看您比看我时亲热得多，不过，我原谅他，在美人和老头之间，当然宁愿要美人啰……"

"很明显，"庭长用他那粗嗓门嚷道，"巴黎那位葛朗台差他的儿子到索漠来绝对是为了婚事……"

"果真如此，这位堂侄就不会像炸弹那样突如其来了。"公证人回答道。

"这根本不说明问题。"德·格拉桑说道，"那家伙做事总是偷偷摸摸的。"

"德·格拉桑，我已经请这个年轻人来家吃晚饭了。你再去请上拉索尼埃夫妇、杜·奥图瓦夫妇，当然还有那位漂亮的杜·奥图瓦小姐。但愿她那天穿整齐一些！她母亲妒忌心作怪，把她打扮得那么丑！先生们，我希望你们都赏光。"她停下脚步转身对另两位克罗旭又补充了一句。

"您到家了，夫人。"公证人说道。

三位克罗旭与三位德·格拉桑道别之后，便回家了。一路上，他们充分发挥外省人固有的分析能力，将当晚发生的这件大事从各个角度仔细推敲。事情改变了克罗旭和德·格拉桑两家人各自的地位。他们都是精于盘算的人，行事很有头脑，此刻感到有必要暂时携手，去对付共同的敌人。难道他们不应该联合起来，阻止欧也妮爱上堂弟，也不让夏尔打堂姐的主意吗？他们要搬出阴险毒辣的迂回手段、口蜜腹剑的造谣中伤、天花乱坠的信口开河、貌似天真的出尔反尔，将那个巴黎人包围、误导，他能招架得了吗？

客人走后，屋里只剩下葛朗台一家四口时，老头儿对他的侄子说："该睡觉了。时间太晚，你来这里的事不能谈了，明天找个合适的时间谈吧。

我们这里八点吃早饭。中午每人一个水果，随便吃点面包，喝一杯白葡萄酒。和巴黎人一样，五点吃晚饭。这就是我们的规矩。如果你想到城里或附近看看，尽可以自便。我要办事，不能总陪着你，请你原谅。你也许会听到，这里的人都说我很有钱。葛朗台先生这样，葛朗台先生那样！我任由他们说去，这些闲言碎语损害不了我的名声。不过，我实在没有钱，到了这把年纪还得像个小伙计那样，凭着一个蹩脚刨子和一双勤劳的手干活。每一个埃居都要用汗水去挣，这一点也许你很快便会亲眼看到。喂，拿侬，蜡烛呢？"

"侄儿，我希望你需要的东西都给你备齐了，"葛朗台太太说道，"如果你还缺什么，就向拿侬要好了。"

"好婶子，我要求不高，我想，我需要的东西都带来了，祝你们，还有堂姐晚安。"

夏尔从拿侬手里接过一支点着了的白蜡烛，是安茹的出品，在铺子里放久了，颜色已经发黄，颇像普通的油烛模样，葛朗台根本没想到家里有这样的好东西，所以没有发现。

"我给你带路。"老头子说。

葛朗台没从有拱顶的那道门出去，而是郑重地走正厅和厨房之间的那条走廊。走廊通楼梯的那一边，有一扇镶着椭圆形大玻璃的门，挡住冷风吹入。但到了冬天，此风依然呼呼地吹进来，即使正厅的门缝都钉了布条，屋里也难保持适当的温度。

拿侬插上大门，关了正厅，到马厩里放出一条吠声沙哑、像患了喉炎的狼狗。这畜生性情凶猛，除了拿侬，谁也不认。大约因彼此都来自乡下，容易沟通。夏尔见楼梯间的墙已经发黄，到处是烟熏的痕迹，楼梯的栏杆被虫蛀了，他伯父沉重的脚步踏上去，晃悠悠的，不觉心里凉了半截，怀疑走进了鸡舍，转身看看婶子和堂姐，一脸询问的神气。可是她们已经习惯了这座楼梯，不知道他惊讶的原因，反而看作是友好的表示，便报以亲切的微笑。夏尔大失所望，心想："我爹打发我到这个鬼地方来干嘛？"

到了二楼的楼梯口，他看见三扇漆着暗红色的门，没有门框，直接嵌在灰蒙蒙的墙上，用铆钉钉着两端呈火焰形的铁条，像长长的锁眼两头一样。正对楼梯口的那扇门显然已经堵死，门后那个房间正好在厨房上面，只能从葛朗台的卧室进去，是他的工作室。用来采光的唯一玻璃窗，装着粗大的铁栅，下面便是院子。任何人，包括葛朗台太太都不许进入，老头子一个人待在里面，像炼丹术士守着炼丹炉一样。他在这里无疑巧妙地安装了几个秘密藏东西的地方，存放田契和房契，挂着称金币的天平。他夜里就在这儿偷偷地开单据、写收条、做种种计算。和他打交道的商人看见他事事都有所准备，怀疑他有鬼神相助。无疑，当拿侬声震屋瓦地呼呼大睡、狼狗在院里值夜打呵欠、葛朗台太太母女进入梦乡的时候，老箍桶匠便到这里来爱抚、把玩、欣赏他的金币，放进桶里，紧紧地箍好。墙壁既厚、窗板也严，只有他一个人有这个密室的钥匙。据说，他藏在这里研究图纸，上面连每棵果树都有标志，他计算自己的收成，误差不超过一株葡萄秧或者一抱柴。这扇封死的门对面便是欧也妮的房间。楼道尽头是老两口的套房，占了这层楼的前半部分。葛朗台太太的房间与欧也妮的毗连，有一扇玻璃门相通。葛朗台与他妻子的卧房之间有板壁隔开，与他神秘的工作室则隔着一道厚厚的墙。葛朗台老头将侄儿安置在三楼，那是顶层，正好在他房间的上面，这样侄儿要是走动，老头儿完全听得见。欧也妮和她母亲来到楼梯口，互相亲吻，道过晚安，然后对夏尔说了几句表面很一般其实充满热情的话，便各自回房了。

"侄儿，这就是你的房间。"葛朗台老头边说边把门打开，"如果你想出去，就喊拿侬。没有她领你，对不起，狗会一声不响地把你吃掉。睡个好觉吧，晚安。咦！她们给你生火了。"他又说道。这时候，大个子拿侬提着暖床炉进来了。"又来一个！"葛朗台说道，"你把我侄儿当成坐月子的女人吗？拿侬，把暖炉拿走。"

"可是，先生，被潮着呢，而且这位少爷娇嫩得跟大姑娘一样。"

"好吧，既然你存心巴结他，不过小心别着火。"葛朗台推了推拿侬的肩膀，说罢，吝啬鬼嘟囔着下楼去了。

夏尔目瞪口呆地站在自己的箱子中间，看了看这个阁楼里的卧房，只见四面墙上糊着乡村酒店的那种黄底白花护壁纸；石灰石砌的壁炉上布满凹槽，一看就让人凉了半截；几把黄木椅子看来不止四个角，铺着上过漆的麦秸垫子；一个打开了的床头柜，大得可以钻进一个小个子轻步兵；床前一条粗布条编的薄垫，床是有顶的，但四面的布幔已被虫咬得摇摇欲坠。夏尔神情严肃地瞪着大个子拿侬，问道："喂，伙计，难道这就是巴黎葛朗台的哥哥、当过索漠市市长的葛朗台先生府上吗？"

"是啊，先生，他是一位和蔼可亲、十全十美的大好人。要不要我帮您把箱子解开？"

"好啊，这当然好。我的军爷！您没在帝国禁卫军中的海军服过役吗？"

"噢！噢！噢！噢！"拿侬说道，"禁卫军的海军，那是什么东西？是咸的吗？是走水路运来的吗？"

"给，把我这只箱子里的睡衣拿出来，这是钥匙。"

那件绣满古老图案的绿底金花丝绸睡衣，让拿侬看傻了。

"您要穿这个睡觉？"她问道。

"是呀。"

"圣母玛丽亚！这给教区的教堂铺祭坛才好哩！我的好少爷，把它捐给教堂吧，这样您的灵魂就会得救，否则就作孽了。噢！您穿上真漂亮，我去叫小姐来看看。"

"喂，拿侬，"他干脆这样叫她，"别嚷好吗？让我睡觉，明天我再收拾东西。既然你那么喜欢我的睡衣，那就让你拿去拯救你的灵魂吧。我是个虔诚的基督徒，走时一定把它留给你，你爱怎么办就怎么办好了。"

拿侬呆呆地站在那里，看着夏尔，不敢相信他的话。

"把这件漂亮衣服给我！"她边走边说道，"这位少爷已经在说梦话了。晚安。"

"晚安，拿侬。"

"我来这儿干吗？"夏尔睡不着，心里想道，"我父亲不是傻子，叫我来一定有目的。不知道哪个希腊笨蛋说过：正经事，明日谈。"

欧也妮正在祈祷，忽然停下来，想道："圣母玛丽亚！我堂弟可真帅。"结果，这晚的经文就没有念完。

葛朗台太太睡觉时什么也没想，只听见从板壁中间那扇门的另一侧传来了各啬鬼在房间里踱来踱去的声音。她像所有怕丈夫的妻子一样，早摸透了老爷子的脾气。如同海鸥能预见暴风雨，她从极细微的征兆预感到葛朗台心里正在翻腾，于是用她自己的话说，干脆装死。葛朗台在密室里，瞪着叫人钉了铁皮的门，心想："死后将孩子留给我，我兄弟到底打的什么鬼主意？真是好一笔遗产！我一百法郎也不给他，何况一百法郎对他有什么用？这公子哥儿拿着长柄眼镜看我的温度计那副神气，简直像要拿它点火似的。"

想到那份痛苦的遗嘱会带来的后果，葛朗台的心情也许比他兄弟写这份遗嘱时还乱。

"我难道真的能得到那件金色睡衣？……"拿侬边想边入睡了，朦胧中仿佛已裹上那块祭坛布，她生平第一次梦见了鲜花和绫罗绸缎，正如欧也妮生平第一次梦见了爱情。

巴尔扎克的"外省生活场景"着重描写人们在成年时代的行为。此时的人们，因热衷个人盘算、利欲和野心而陷入种种冲突之中。巴尔扎克以敏锐的洞察力，痛心而又无奈地认识到：如果说年龄在二十岁的人的感情还是高洁磊落的话，那么到了三十岁上，已经开始处处盘算变得自私自利了。因此，在这个年龄段，现实每时每刻都在与纯洁的感情和天真的希望作对，每时每刻都有金钱和利益与思想矛盾的斗争。人的坚强意志每时每刻都受着低级庸俗生活方式的腐蚀，人们每时每刻都在斤斤计较，而不再感情用事。欧也妮的"幸"与"不幸"就在于分别遭遇了夏尔的二十岁与三十岁。在这一部分中，还拥有二十岁感情的夏尔为欧也妮带来了一段她一生中唯一的也是最甜蜜的时光。

在少女纯洁而单调的生活中，往往会有这样甜蜜的时刻，阳光会透入她们的灵魂，花儿会向她们倾诉，心灵的搏动会把炽热的生机传送进她们的脑海，孕育着一种朦胧的欲望，交织着淡淡的哀愁和醉人的喜悦。孩子们开始看见世界时，他们会笑，一个少女在大自然中隐约发现情感时，也像儿时看见世界那样笑了。如果说，光明是生命的第一次爱，那么爱不就是心里的光明吗？欧也妮看清人生的时刻已经到来了。

初恋少女微妙而甜蜜的心理。

外省的少女都有早起的习惯，她也一样，很早便起床，然后祈祷，接着梳妆打扮，不过今后梳妆却有另一层意义了。她先将栗色的头发梳得溜光，编成粗粗的辫子，盘在头上，小心不让头发散出来，发型很对称，更突出了脸上的纯真与娇羞；头饰很简单，与朴素的线条相得益彰。她把平时被水洗得发红、皮肤已经粗糙的双手又洗了好几遍，看着自己滚圆漂亮的两臂，心里纳闷，为什么堂弟能将手保养得那样柔

女为悦己者容。

软洁白，指甲又修得那样好看。她穿上新袜和最漂亮的鞋子，把胸衣系紧，一个扣眼儿也不漏。总之，她生平第一次希望自己显得漂亮，也明白了一件剪裁合身、亮丽迷人的连衣裙能给她带来的快乐。

梳洗停当，教区的钟声传来，她惊讶地发现才敲了七下。自己为了有充分的时间穿衣打扮，实在起得太早了。她不懂得一个发卷可以来回做上十次好研究其效果，只好干脆抱着双臂，坐在窗前，看着院子、窄小的花园和花园上高高的平台。景色凄清，视野不广，但也不无荒凉和僻静的地方所特有的那种神秘的美。

厨房旁边有一口井，围着井栏，辘轳就拴在一根弯曲的铁条上。一根葡萄藤攀附其间，不过经霜后已发红枯萎了。枝蔓蜿蜒上了墙，沿着房子爬到了柴堆。柴码得像藏书家的书一样整整齐齐。院子的路面由于长时间没人走动，长满了青苔杂草，黑魆魆的。厚厚的墙上披着一层绿色的植物，缠着波浪状的褐色藤蔓。院子尽头有八级台阶通向花园门口，但已经残缺不全，淹没于荒草之间，像十字军时代未亡人埋葬骑士丈夫的坟墓。一层已被风化的石基上，树立着一排木栅栏，因年代久远，木质已经腐烂，东倒西歪，但上面仍缠绕着常春藤之类的植物。栅栏门两边，伸出两棵生长不良的苹果树弯曲的枝丫。三条并排的小路，铺着细砂，路之间是坛，边上种着一排黄杨以防止泥土流失，花园尽头，平台下面有一片菩提树遮荫。一头有草莓，另一头有一株高大的核桃树，枝叶一直伸展到箍桶匠的工作室。卢瓦尔河两岸地区，秋天总是天朗气清，阳光灿烂，夜里凝结在美丽的景物、墙壁和花园与院子里的花草树木上的初霜，已经开始融化。

这些东西以前在欧也妮眼里平淡无奇，今天都显得新鲜且充满魅力。她思绪纷纭，随着外面阳光普照而心潮汹涌，

原本阴暗的环境如今都变成美丽的风景。

开始融化的仅仅是初霜吗？体会有何象征意义？

总之，有一种模模糊糊、无法解释的愉悦像云霞笼罩万物，把她的头脑包围了。思维与周遭奇特风景中的一草一木融为一体，心灵与大自然和谐一致。

一堵墙上垂下来一丛浓密的凤尾草，叶子的颜色千变万化，像鸽子的脖颈一样，当太阳照到这堵墙上的时候，仿佛希望的天光照亮了欧也妮的前途。从此，她就爱看这堵墙，爱看墙上苍白的花朵、蓝色的吊钟花和枯草，因为那里有像童年一样甜蜜的回忆。在这个有回声的院子里，每一片从枝上落下的树叶，声音虽小，却似乎在回答少女私下的询问。她会整天站在那里，感觉不到时光的流逝。接着又思绪翻腾，她会突然站起来，走到镜子前面，看着镜里的身影，像一位有良知的艺术家凝视自己的作品，评论一通，又骂自己几句。

爱情会使初恋的少女格外地在意自己的容貌。

"我不够漂亮，配不上他。"这就是欧也妮的想法，自惭形秽而充满痛苦的想法。可怜的少女对自己太不公平了。不过，谦虚，或者说得确切一些，担心，是爱情起码的美德。欧也妮属于那类身体结实，美得有点俗气的小资产阶级女子。尽管她长得像米洛的维纳斯，能使女人得到净化的基督徒的温柔气质，却使她的形态显得高雅脱俗，这一点是古代雕塑家所不曾领略到的。欧也妮头很大，有菲迪亚斯的朱庇特那种既刚毅又秀气的额头；一双灰色的眼睛熠熠生辉，把她贞洁的生活表现无遗；圆圆的脸本来十分红润，但后来出过天花，虽然没留疤痕，却使皮肤稍显粗糙，失去润泽，可是依然细嫩，母亲吻后，尚能留下红印。她的鼻子有点大，但和朱唇倒也搭配，而唇上千百道细纹则满载着爱情和善意。脖子滚圆，胸部丰满，虽然遮得严严实实，仍引人注意，惹人遐思，由于装束的缘故，可能略欠风韵，但在行家看来，顾长而欠灵活的身材也自有其魅力。所以，高大健壮的欧也妮

欧也妮的美丽是内在的纯洁、善良的美。

虽没有一般人所喜欢的那种漂亮，却具有那种容易被忽略，而只有艺术家才能欣赏的美。如果一位画家想在尘世寻找天上圣母玛丽亚那样贞洁的原型，要求她像拉斐尔笔下的女性般有着谦逊中微露矜持的眼神，以及往往属于自然天成，且唯有基督徒圣洁的生活才能使之获得和保持的处女的线条；如果他喜欢这类罕见的模特儿，他便会发现欧也妮脸上就有那种连她本人也未觉察的天生的高贵神情，会看见她平静的额头下面隐藏着整整一个爱情世界，眼睛的形状，眼皮的翕合之间，闪露出一种说不出的超凡的神韵。她脸上的线条，头部的轮廓从未被寻欢作乐的意欲所破坏，或露出倦容，而是像波平如镜的湖面远处水天相接宁静的地平线。她容貌安详，脸色红润而有光泽，像一朵刚刚绽开的美丽的鲜花，令人赏心悦目，反映出一种心灵的魅力，百看不厌。欧也妮初涉人生，充满孩提时代的幻想，正可谓采把雏菊，亦不知喜从何来。她还不知道爱情为何物，只是揽镜自照，心想："我太丑了，他看不上我的。"

比喻句，形容她的容貌非常美丽。

接着，她打开正对楼梯间的房门，探头倾听屋里的动静。只听见拿侬早上的咳嗽，走来走去，扫大厅，生火，拴狗，在牛圈里对牲口说话。欧也妮心想："他还没起床。"便立即下楼，向拿侬跑去。拿侬正在挤奶。

"拿侬，我的好拿侬，你做点奶油给堂弟喝咖啡吧。"

"可是，小姐，奶油得昨天就做，现在可不赶趟了。"拿侬大笑着说道，"您的堂弟很帅，真的很帅，您没见他穿上他那件丝质绣金的睡衣，我，我倒是看见了。他的衬衫细得像本堂神甫先生的祭袍一样。"

"拿侬，那么给我们烘点饼吧。"

"那谁给我烤炉用的木柴呢？还有面粉呢、黄油呢？"拿侬问道，她作为葛朗台的大管家，在欧也妮母女二人眼里，俨然是个重要的人物。"总不成偷老爷的东西去款待您的堂弟吧。您去向老爷要黄油、面粉和木柴好了，他是您父亲，会给您的。瞧，他下楼检查吃的来了……"

欧也妮溜进花园，听见楼梯在她父亲的脚步下颤动，心里着实害怕。她打内心里感到羞惭，而且，当我们觉得幸福的时候，往往不无理由地以为我们的思想已经刻在额头上，别人一眼便能看清，欧也妮也正是这样。可怜的姑娘发现父亲的房子冷寂寒酸，根本没法和堂弟华丽的衣装相匹配，心里好生难过。她迫切需要为他做点事：做什么呢？她不知道。她天真烂漫又一片赤诚，任由自己天使般的本性自然流露，毫不顾忌给人的印象和感觉。堂弟一出现便唤醒了她内心女性的倾向，而且来势很猛，因为她已二十三岁，理解力和七情六欲都已充分发展。看见父亲，她第一次产生恐惧的心理，觉得父亲是她命运的主宰，思想若向他有所隐瞒，便有犯错误的那种负罪感。她急急地走着，惊讶地发现，呼吸到的空气更加清新，阳光使她更充满生机，暖意洋洋，仿佛有了新的生命。她正在想计策弄烘饼的时候，大个子拿侬和葛朗台却拌起嘴来。这种情形好比冬天的燕子，十分少见。原来老家伙带着钥匙来称，分配每天必需的口粮。

"昨天的面包还有剩的吗？"他问拿侬。

"连个渣儿都没有了，老爷。"

葛朗台从安茹地区专门烤面包用的平底筐里拿出一个沾满面粉的大圆面包，正要动手切，拿侬对他说："今天咱们是五个人，老爷。"

"不错，"葛朗台回答道，"但你的面包一个有六磅，准有富余。再说，这些巴黎的年轻人，你瞧吧，根本不吃面包。"

"难道他们只吃抹料？"拿侬问道。

抹料是安茹地区老百姓的用语，指抹在面包上的东西。

从最普通的黄油到最高级的桃子酱都包括在内。所有儿时只把抹料舐光留下面包不吃的人都明白上面那句话的意义。

"不，"葛朗台回答道，"他们既不吃抹料，也不吃面包，几乎像待嫁的姑娘一样。"

精打细算地拟定了当日的食谱以后，老家伙把储物室的柜子关好，正要去放水果的地方，拿侬拦住他说："老爷，给我点面粉和黄油，我想给孩子们烘点饼。"

"为了我侄子，你想抢劫我们家怎么的？"

"我对您侄子并不比对您的狗更关心，也不比您自己对他更关心。瞧，我需要八块糖，刚才您不是只给我拿六块吗？"

"瞧瞧，拿侬，我从来没看见过你这样。你脑子里想什么呀？这里是你当家吗？糖就只给你六块。"

"那么，您侄儿喝咖啡的时候放什么？"

"放两块糖，我，我可以不要。"

"您这样的年纪不放糖！我宁愿自己掏钱给您买。"

"你少管闲事。"

尽管糖已经落价了，但在箍桶匠眼里，糖一直是从殖民地运来的名贵东西，对他而言，价钱总是六法郎一磅。帝国时期不能不省吃俭用，这已经成了他根深蒂固的习惯。

凡是女人，即使是最蠢的，也都会使诡计来达到自己的目的。拿侬于是撇开糖的问题，想办法弄烘饼。

"小姐，"她隔着窗子嚷道，"您不是想吃烘饼吗？"

"不，不。"欧也妮答道。

"好吧，拿侬，"葛朗台听见女儿的声音，说道："给。"他打开放面粉的柜子，舀了一勺给她，又在已经切好的黄油上加了几盎司。

"烧炉子还要柴。"拿侬紧追不舍。

"好吧，要多少就拿多少好了，"葛朗台无可奈何地回答，

夏尔的到来，给这个家带来了前所未有的冲击，连一贯言听计从的拿侬也开始顶撞主人了。

精打细算。

"不过，你得给我们做个水果派，晚饭也在炉子里烤，这样就不必生两个火了。"

"这个嘛，"拿侬高声说道，"不用您吩咐。"葛朗台用俨然长辈的目光看了他的管家一眼。"小姐，"厨娘喊道，"咱们有烘饼吃了。"葛朗台拿了一堆水果回来，码了一盘，放在厨房的桌子上。拿侬对他说："老爷，您看看您侄儿穿的那双漂亮靴子，皮子多好，还有香味。该用什么擦呢？要不要用您的鸡蛋清调的鞋油？"

葛朗台总可以为自己的吝啬找出最"动听"的理由。

"拿侬，我认为鸡蛋会毁坏这种皮子。你就对他说，你不会擦摩洛哥山羊皮，对，那是摩洛哥山羊皮，这样，他便会自己到索漠城里去买，把能擦亮他靴子的鞋油给你带回来。我听说还有人往鞋油里掺糖，能将皮子擦得锃亮。"

"这么说，还能吃　。"拿侬拿靴子闻了闻，说道，"咦，有点像太太的科隆水的香味。噢，真有意思。"

"有意思！"她主人说道，"花在靴子上的钱比穿靴子的人身价还贵，你倒觉得有意思。"

等葛朗台去把放水果的柜子关上又走回来的时候，拿侬说道："老爷，您每星期不来一两次火锅吗？既然您的……"

"当然。"

"那我就得上肉铺了。"

"用不着。佃户少不了会送禽鸟来，你就给我们做野禽汤好了。不过我要叮嘱科努瓦耶给我打几只乌鸦。用这种野味做汤再好不过了。"

绝妙的比喻，也是绝妙的讽刺。像葛朗台这样的人不过是与乌鸦有着相同的本质——依靠死人生活是与生俱来的"习性"。

"老爷，乌鸦吃死人肉，这可是真的？"

"你真蠢，拿侬！乌鸦像大家一样逮着什么吃什么。咱们不也一样靠死人吃饭吗？遗产是什么？"葛朗台老头吩咐完了便掏出怀表，一看离吃饭大约还有半个时辰，便拿起帽子，拥抱了一下女儿，对她说："你愿意到卢瓦尔河边我的草地上转转吗？我在那边有点事要安排。"

欧也妮跑去戴上系有粉红色缎带的草帽，然后，父女二人走到弯弯曲曲的大街，一直来到广场。

"这么早上哪儿去呀？"克罗旭公证人遇见葛朗台，便问他。

"有点事。"老家伙回答道，他也知道他的朋友大清早出来散步的原因。

公证人凭经验知道，葛朗台说有事，那么跟他一道走准能捞点好处。于是和他结伴而行。

公证人同样的精明。

"您来，克罗旭。"葛朗台对公证人说，"您是我朋友，我要指给您看在好地上种白杨为什么是件蠢事……"

"那么，卢瓦尔河畔草地上那些白杨给您赚的六万法郎就不算数了？"克罗旭惊讶地睁大眼睛问道，"您够运气的了！……南特缺白木的时候，您把树砍下，卖到三十法郎一棵！"

欧也妮听着，不知道自己已经来到生命最关键的时刻，公证人马上就要迫使她父亲就她的终身大事做出说一不二的决定。葛朗台来到了他在卢瓦尔河边拥有的一大片美丽草原，三十个工人正在平整以前种白杨的地块。

引起读者对下文故事情节发展的好奇。

"克罗旭先生，您看看一棵白杨要占多少地。"他对公证人说道，接着又冲一个工人喊："约翰，拿尺子在四……四面量……量一下。"

"四乘八尺。"工人量完回答道。

"浪费了三十二尺地。"葛朗台对克罗旭说道，"以前我在这一排种了三百株白杨，不是吗？而三……百乘……三十……二尺，五……五百捆干草没了。两边再加上同样的两倍，共一千五百捆。中间的几排也一样。就算……一千捆干草吧。"

"好算，"克罗旭帮他朋友一把，说道，"一千捆这样的干草大约可值六百法郎。"

"算……算……算一千二百吧，因为割收再长的草还能卖三四百法郎。四十年之内，每年算……算……算它一……一千二百法郎，加上利……利息，利滚利，这您是知道的。您算一算。"

"大概有六万法郎吧。"公证人说道。

"不错！只有……有六万法郎。可是，"<u>葡萄园主这回不结巴了</u>，"两千棵四十年树龄的白杨可值不到五万法郎，这不就亏了。这是我算出来的。"葛朗台得意扬扬地说道。接着他又说："约翰，把坑都填上，只留下河边那一排坑，把我买来的白杨树苗种下去。种在河边，就可以靠公家把它们养大了。"说着，他扭头看了看克罗旭，鼻子上的肉瘤轻轻颤动了一下，微笑中带有绝大的讽刺。

"这是明摆的，白杨树只适合种在瘠地上。"克罗旭被葛朗台的盘算惊得目瞪口呆。

"对……呀，先生。"箍桶匠嘲讽地回答道。

欧也妮只顾欣赏卢瓦尔河的旖旎风光，根本没去听父亲的计算，不过，克罗旭对她父亲说的话，很快便引起了她的注意。"喂，您从巴黎弄来了个女婿，您的侄儿已经成了全城的话题。老头子，很快就要我给你们立婚约了吧？"

"您……您……您一大清早出来就为和我说这个。"葛朗台说着鼻子上的肉瘤又动了一下，"好吧！老伙计，我很坦率，您想……想知道，我就告诉您。<u>我宁愿将女……女儿扔……扔进卢瓦尔河也不愿把她许给她的堂弟。您可……可以这样宣……宣布。不过，别，就让大……大家去说吧</u>。"

欧也妮听了父亲的回答，顿时觉得天旋地转。影影绰绰的希望刚刚在她心里涌现，眼看就要开花、成形、结成一束鲜花的时候，竟突然被剪碎，落了一地。从前一天起，她已把万缕情思系在夏尔身上，今后，只能从苦难当中去汲取力量了。红颜薄命，与美满的幸福无缘，这难道不是女人崇高的命运吗？父爱的感情怎么会在她父亲的心里荡然无存？夏尔到底犯了什么罪？真是百思不得其解！爱情的萌发本已是深奥难测的谜，如今又蒙上一层神秘的色彩。她两腿发抖地往回走，到了阴暗的古老大街，刚才还觉得那么欢乐，现在却觉得一片凄凉，她感受到了时光和世事流逝给这儿染上的忧郁气氛。她尝尽了爱情的教训，她全都尝尽了。离家门还有几步的时候，她抢在父亲之前敲门，在门口等待父亲。<u>葛朗台一眼看见公证人手里拿着一份仍然折着的报纸，问道：</u>

葛朗台关心的只有他的商业行情。

"公债的行情怎么样？"

"您不愿听我的话，葛朗台，"克罗旭回答道，"赶紧买吧，两年之内还可以赚两成，而且利率颇高，八万法郎能获利五千。现在公债行情是八十五法郎五十生丁。"

"看看再说吧。"葛朗台摸摸下巴，回答道。

"天哪！"公证人叫了一声。

"什么事？"葛朗台大声问道，克罗旭当即把报纸递到他眼前说道："您看看这篇文章。"

巴黎最受尊敬之富商葛朗台昨日循例于股票交易所露面之后，饮弹自杀身亡。此前彼曾向众议院递交辞职信，同时辞去商务法庭法官等所兼各职。彼商业失败，实受其经纪人苏舍及公证人罗甘破产所累。然以葛氏之名望及信誉，本不难在巴黎商界寻求补救之法，无奈此公以名誉为重，失望之余，遂萌短见，良堪浩叹。

"我早就知道了。"老葡萄园主对公证人说。

这句话使克罗旭倒抽一口冷气，尽管他是公证人，办事一向不动感情，但想到巴黎那位葛朗台死前很可能向索漠的百万富翁葛朗台要求援手而不可得，不禁一道凉气直透脊背。

"可他的儿子昨天还那么高兴……"

"他还什么都不知道。"葛朗台依然不动声色。

"再见了，葛朗台先生。"克罗旭全明白了，打算立即去告诉德·蓬风庭长。

葛朗台进屋时，发现早饭已经准备好了。葛朗台太太坐在她那把带垫板的椅子上，正在编织冬天用的毛线套袖。欧也妮奔去搂着母亲的脖子亲吻，情绪之热烈，一如我们心有隐忧，想要发泄之时。

隐忧：深藏的忧愁；暗藏的忧虑。

"你们先吃吧。"拿侬三步并作两步地从楼上跑下来说道，"那孩子还睡得像个小娃娃。两眼闭着，可好看了！我进去喊他。可不！根本没人应。"

"让他睡吧，"葛朗台说，"今天不管他睡到什么时候，要听坏消息总不嫌晚。"

闲来一笔，把葛朗台的吝啬刻画得更加入木三分。

"发生什么事了？"欧也妮问道。<u>她正往咖啡里放两小块不知道有几克重的糖，那是老头子有空的时候切好了的。</u>葛朗台太太不敢问，只是看着她的丈夫。

"他父亲开枪自杀了。"

不妨细细品味四个人的"话"。

"我叔叔？……"欧也妮问道。

"可怜的孩子！"葛朗台太太失声叫了起来。

"是呀，真可怜。"葛朗台接口说道，"现在他一个钱也没有了。"

"可他还睡得像整个世界都属于他似的。"拿侬爱怜地说了一句。

欧也妮吃不下了。只觉得一阵伤心，好比一个女人初次听到自己心上人遭逢不幸，全身感到不舒服，既同情又心疼一样。可怜的姑娘哭了。

"你又没见过你叔叔，哭什么？"她父亲问她，同时饿虎般地瞪了她一眼。他平时瞪着他那堆金币大概也是这种目光。

"可是，老爷，"女佣人说道，"谁能不同情那个可怜的小伙子呢？他不知道祸从天降，还在呼呼大睡。"

"拿侬！我没跟你说话，你少插嘴！"

欧也妮此时已经知道，女人若是心有所爱就必须永远隐藏自己的感情。她没有作声。

"太太，我希望我没回来之前，你什么都别对他提。"老头子继续说道，"我现在得去叫人弄弄草原路边的沟渠，中午回来吃饭，然后和侄儿谈他的事。至于你，欧也妮大小姐，如果你哭是为了这个公子哥儿，那就到此为止，我的孩子。他马上要到大印度去，你再也见不到他了……"

<u>说着，他拿起帽檐上的手套，像往常一样若无其事地戴上，活动活动手指，然后出门了。</u>

> 兄弟的死只能换来葛朗台的"若无其事"。

"啊！母亲，我憋死了！"等屋里只剩下母女二人时，欧也妮大声说道，"我从没有这么难受过。"葛朗台太太看见女儿脸都白了，便打开窗，让她呼吸一下新鲜空气。过了一会儿，欧也妮说道："我觉得好多了。"

外表一贯安详冷静的女儿竟然神经如此激动，不能不引起葛朗台太太的注意，她瞧着女儿，凭着母亲关切爱女的本能，她猜透了女儿的心事。其实，匈牙利那两个连体孪生姊妹彼此的感情未必比欧也妮母女更亲密，她们总是一齐靠着窗边，一齐上教堂，睡觉时也呼吸着同样的空气。

> 本能：人和动物不学就会的本领。说明母亲爱女儿是无可厚非的。

"我可怜的孩子！"葛朗台太太说着将欧也妮的头搂在胸前。

听见这句话，姑娘抬起头，询问地看着母亲，想知道她私下的想法。她问母亲道："为什么把他打发到印度呢？既然他遭到不幸，不就更应该留在这里吗？难道他不是咱们最亲的亲人吗？"

"是呀，孩子，应该这样。不过，你父亲有他的理由，我们应该尊重。"

母女二人默默地坐着，一个坐在垫高的椅子上，另一个坐在一把小扶手椅里。两人又同时拿起了针线活。欧也妮十分感激母亲理解自己的心事，吻了吻母亲的手，对她说："我亲爱的妈妈，您真好！"听了这句话，母亲那张被长期的苦难折磨得非常憔悴的老脸稍稍露出了点光彩。"您觉得他好吗？"欧也妮问道。

老公如此富有，她却被苦难长期折磨着，这是一种什么样的苦难呢？

葛朗台太太只是笑了笑，没有回答。沉默了一会儿，才低声地问："难道你已经爱上他了？这可不好。"

"不好，为什么？"欧也妮反问一句，"您喜欢他，拿侬喜欢他，我为什么不能喜欢他？对了，妈妈，咱们摆桌子让他吃午饭吧。"她扔下手中的活计，母亲也跟着这样做，嘴里却说："你疯了！"但她也疯了，似乎想以此证明女儿这样做是对的。欧也妮喊拿侬。

"小姐，什么事？"

"拿侬，奶油中午能做好吗？"

联系上下文，想一想欧也妮正发生着一种什么样的变化？

"哦，中午，没问题。"老佣人回答道。

"那好，给他浓浓的咖啡，我听德·格拉桑先生说，巴黎人喝的咖啡都很浓。你得多放点。"

"可上哪儿弄去呀？"

"去买呀。"

"万一碰见老爷呢？"

"他到草原去了。"

葛朗台的吝啬和他本人一样全城有名。

"那我快去。不过，费萨尔先生拿白烛给我的时候，已经在问咱们家是不是三王来朝了。咱们这样花钱，全城很快就会知道的。"

"万一你爹发现，会揍咱们的。"葛朗台太太说道。

"那就让他揍好了，咱们跪在地上让他揍。"

葛朗台太太抬头看看天，没有回答。拿侬系上头巾，出去了。欧也妮铺上白桌布，然后上阁楼拿几串她用绳子吊起的葡萄。她轻轻地沿着走廊过去，生怕惊醒了堂兄弟，又忍不住把耳朵贴在他房门上，听听他均匀的呼吸，心想："大祸临头还在呼呼大睡。"她摘下几片最绿的叶子把葡萄摆得十分好看——连开饭店的老行家也不见得比她摆得更好，然后得意扬扬地端到桌上。她去厨房将父亲已经数过的梨拿来，用叶子衬托，堆成金字塔的形状。她来来往往，跑跑颠颠，恨不得把父亲屋里的东西全都搜刮干净。但所有的钥匙都在父亲身上。拿侬拿了两只鲜蛋回来。欧也妮一见，真想搂着拿侬的脖子，亲她一口。

爱情让欧也妮如此的快乐！

"朗德的佃户篮子有鸡蛋，我问他要，那好小子为了讨我高兴，就给我了。"

经过足足两个小时的精心准备，——在这期间，欧也妮将活计放下不止二十次去看煮咖啡，听堂弟起床时发出的声响——一顿非常简单的午饭终于端整好了，虽说花钱不多，但家里的老规矩已破坏无遗。午饭照例是站着吃的。每人吃点面包、一个水果或一点黄油和一杯葡萄酒。现在，壁炉旁边摆着桌子，一张扶手椅前面摆着她堂弟的那份刀叉，两个盘子放满水果，还有吃煮鸡蛋用的小杯、一瓶白葡萄酒、面包、小碟上堆着糖块。欧也妮看着这一切，想到万一父亲这时候走进来，向她瞪大眼睛，便不由得四肢发抖。因此，她不时用眼睛看看挂钟，好计算一下，堂弟能否在老头子回来之前把午饭吃完。

注意欧也妮的心理活动。

"欧也妮，你放心，如果你父亲回来，一切都由我顶着。"葛朗台太太说道。

欧也妮忍不住掉下了眼泪。

"啊！我的好妈妈，"她大声说道，"我该怎么报答您呢！"

夏尔哼着小曲，在房里转了不知多少圈，终于下楼来了。还好，刚十一点。这个巴黎人！他打扮得漂漂亮亮，仿佛要到目前正在苏格兰旅行的贵妇人家里做客。他朝气蓬勃、满面春风地走进来，欧也妮见了又高兴又心酸。安茹伯父家的豪门大宅已成泡影，但他满不在乎，快活地对婶母说：

当这个来自巴黎的轻浮、奢华的纨绔子弟还在楼上顾影自怜的时候，殊不知已经大祸临头了。

"亲爱的伯母，您昨夜睡得好吗？堂姐，您呢？"

"不错，侄少爷，您呢？"葛朗台太太说道。

"我吗？好极了。"

"堂弟，您一定饿了，请用饭吧。"欧也妮说道。

"中午前我从来不吃东西，那时候我才起床。不过，路上伙食很差，现在将就吃点吧。再说……"他掏出勃雷盖制造的一块精美绝伦的平底怀表，"咦，才十一点，我起早了。"

"起早了？……"葛朗台太太说道。

"是啊，我想收拾收拾东西。好吧，我就随便吃点吧，一点点，来点家禽、鹧鸪什么的。"

"圣母玛丽亚！"拿侬闻言，失声喊道。

"一只鹧鸪。"欧也妮心里想，真恨不得用她的全部积蓄去买一只鹧鸪。

"来这儿坐吧。"他伯母说道。

公子哥儿懒洋洋地坐在扶手椅上，颇像一位美貌女子体态婀娜地倚在长沙发上。欧也妮母女各端一把椅子到壁炉前面，坐在他的身旁。

讲究的巴黎阔少与外省人的生活、饮食习惯的鲜明对比。

"你们一直住在这里？"夏尔觉得这屋子白天比夜里点着灯的时候更难看，便问她们道。

"是呀。"欧也妮看着他回答道，"除了在葡萄收获的季节。我们去帮拿侬，都住在诺阿伊哀修道院。"

"你们从来不出去逛吗？"

"有时候，星期天，做过了晚祷，如果天晴的话。"葛朗台太太回答道，"我们到大桥上去，或者看人割草。"

"你们这儿有剧院吗？"

"上剧院，"葛朗台太太惊叫起来，"看戏！侄少爷，您难道不知道那是天大的罪过吗？"

反问句，强调上剧院看戏是不允许的。

"来了，侄少爷，"拿侬端来了鸡蛋，说道，"请您尝尝带壳的鸡子儿。"

"噢！是鲜蛋。"夏尔说。他正像那些平日吃惯大鱼大肉的人，已经把鹧鸪忘得一干二净了，"好极了，您有黄油吗？嗯？好大嫂。"

"啊，黄油！那您就吃不上烘饼了。"女佣人说。

"拿侬，把黄油拿来吧。"欧也妮大声说道。

姑娘兴味盎然地看着堂兄弟将面包切成小块，就像巴黎感情丰富的女工看结局大团圆或好人有好报的戏剧一样。的确，夏尔从小得到一位高雅雍容的母亲教养，又受过一个时髦女子的熏陶，颇有些娇媚、高雅和细腻的动作，活像金屋藏娇的情妇。少女的温柔和体贴真有磁石般的力量，因此，夏尔看到堂姐和伯母对自己如此体贴照顾，又怎能抗拒冲着他汹涌而来的感情呢。他向欧也妮投去一瞥充满善意、爱怜、似笑非笑的目光。审视之下，他觉得欧也妮脸上的线条纯洁柔和、态度天真，清澈而有魅力的眼睛里，闪烁着年轻人对爱情的向往，心里有的只是爱，而不知肉欲为何物。

熏陶(xūntáo)：长期接触的人或事物，对人的生活习惯、思想行为、品行学问等逐渐产生某种影响（多指好的）。

"天哪，亲爱的堂姐，如果您盛装出现在歌剧院宽敞的包厢里，我敢保证伯母说的话没错，您一定会使男男女女都犯天大的罪过，男人会为您倾倒，女人会因你心生嫉妒。"

这番恭维话，欧也妮虽然不甚了了，但却怦然心动，满心欢喜。

恭维：为讨好而赞扬。

"唔，堂弟，您在取笑我这个可怜的外省姑娘吧。"

"堂姐，如果您了解我，您便会知道，我讨厌嘲笑，因为嘲笑会冷了人的心，伤害所有的情感……"说着，他吞下一小块抹着黄油的鸡蛋，"不，也许是我没有嘲笑人的才智，这种缺欠让我吃了不少亏。在巴黎，'此人心地善良'这句话可以置人于死地，因为这意味着：'此人蠢如鹿豕'。但是我有钱，谁都知道我能用任何型号的手枪在三十步以外，而且在野地里百发百中，所以谁也不敢开我的玩笑。"

什么时候"心地善良"等于"蠢如鹿豕"了？可见道德沦丧，世风日下，颠倒黑白！

"您说的这番话，侄儿，说明你心地好。"

"您戴的戒指很漂亮，"欧也妮说道，"借来看看不碍事吧？"

夏尔伸出手，把戒指捋下，欧也妮的指尖碰到了堂弟粉红色的指甲，不禁满面通红。

"妈妈，您瞧，做工多好。"

"噢，金子可不少。"拿侬说着端上了咖啡。

"这是什么玩意儿？"夏尔大笑着问道。

他指着一个高筒的赭色茶缸，是陶制的，外面上了釉彩，边上还有一圈灰，煮开的咖啡翻上来，旋又沉了下去。

"是煮开的咖啡呀。"拿侬说道。

"噢，亲爱的伯母，我总得做点好事作纪念才不虚此行。你们太落伍了！我要教你们怎样用双层的咖啡壶煮出优质咖啡。"

接着，他设法讲解双层咖啡壶的使用方法。

"算了，如果那么麻烦，哪辈子才能煮好呀，"拿侬说道，"我才不这样煮咖啡哩。还有，对了，我照这样煮咖啡的时候，谁给咱们的母牛喂草呀？"

"我来喂。"欧也妮答道。

"孩子。"葛朗台太太看着女儿喊了一句。

可见葛朗台给这个家庭带来的恐怖气氛。

这句话提醒大家，小伙子马上便会大祸临头，于是三个女人不吱声了，只是怜悯地看着他。夏尔吃了一惊。

"堂姐，您怎么了?"

"嘘!"欧也妮正要说话，葛朗台太太拦住了她，"你知道，女儿，你父亲要自己和先生谈……"

"叫我夏尔吧。"年轻的葛朗台说道。

"噢! 您叫夏尔? 好漂亮的名字。"欧也妮叫了起来。

预感到要倒霉就准倒霉。拿侬、葛朗台太太和欧也妮一想到老箍桶匠回来就要发抖，果然门槌敲了一下，声音非常熟悉。

"父亲回来了。"欧也妮说。

她立刻拿走放糖的碟子，只留下几块糖在桌布上。拿侬把盛鸡蛋的盘子也撤走。葛朗台太太像一头受惊的母鹿，直挺挺地站在那里。众人的惊惶失措使夏尔莫名其妙。

葛朗台作为一家之长的威慑力由此可见一斑。

"嗨，你们怎么了?"他问道。

"父亲来了。"欧也妮说道。

"那又怎么了? ……"

葛朗台进来，尖利的目光看了看桌子，又看看夏尔，心里全明白了。

"哈，哈，你们设宴招待侄儿，好，好，好极了!"他说话也不结巴了，"猫儿上了房，耗子就在地板上跳舞了。"

"设宴? ……"夏尔心想，真闹不清这家人的规矩和习惯。

"拿侬，给我倒杯酒来。"老头子说道。

欧也妮把酒端来。葛朗台从腰包里掏出一把宽刃牛角刀，切了一片面包，挑了点黄油仔细抹上，站着吃了起来。这时候，夏尔正往咖啡里放糖。葛朗台老头瞥见了糖块，便瞪着他老婆。那女人吓得脸色发白，赶紧踅了过来。他凑到可怜的老婆子耳边问："这些糖是从哪儿弄来的?"

"拿侬到费萨尔铺子买的，家里没有了。"

这无言的一幕使三个女人心情之紧张实在难以想象。拿侬从厨房跑出来，在屋里东张西望，看事态如何发展。夏尔尝了尝咖啡，觉得太苦，想找糖，但葛朗台早就把糖藏起来了。

"侄儿，你想要什么？"老头子问他。

"糖。"

"加点牛奶，咖啡就不苦了。"葛朗台回答。

欧也妮把葛朗台藏起来的糖又拿了出来，放在桌上，镇静地看着她父亲。肯定的，一个巴黎女子为了帮助情人逃走，用娇弱的双臂拽住垂到楼下的丝绳时，也不见得比欧也妮将糖放回桌上时需要更多的勇气。何况，巴黎女子是有回报的，她会骄傲地将带伤的玉臂给情人看，情人会用眼泪、亲吻和欢乐来清洗和治疗她臂上每一道伤痕。而夏尔却永远不会知道，在老箍桶匠雷霆般的目光逼视下他堂姐忐忑痛苦的内心。

"你不吃东西吗？老伴。"

可怜的女奴走上前，诚惶诚恐地切了一块面包，又拿了一个梨。欧也妮壮着胆子给父亲奉上葡萄说："爸爸，请尝一下我晾的葡萄！堂弟，你也吃点好吗？这些好吃的葡萄是我特地为你摘的。"

"哎呀！如果不制止她们，她们真会为你抢光整个索漠城呢。侄儿，等你吃完饭，咱们一起到花园去，我有事要告诉你，那可不是甜的啰。"

欧也妮母女俩同时瞧了夏尔一眼。一看那表情，夏尔便明白了。

"伯父，您这话是什么意思？自从我那可怜的母亲去世以后……（说到母亲两个字，他声音柔和下来）我就不可能再有什么祸事了……"

"侄儿，谁知道上帝会用什么苦难来考验咱们呢？"他伯

忐忑（tǎntè）：心神不定。

诚惶诚恐：惶恐不安。原是君主时代臣下给君主奏章中的套话。

葛朗台总是用夸大其词来表达他的愤怒。

母说道。

"得！得！得！得！"葛朗台说道，"又来胡说了。侄儿，看到你这双漂亮白皙的手，心里真不是滋味。"说着，他指了指夏尔那双天生的羊脂白玉般的手，"手是用来捞钱的呀！你却给教养成把我们用来做钱袋、票据夹的那种皮穿在脚上。不行呀！不行呀！"

"您说些什么呀？伯父。我以我的性命打赌，真的连一句也没听懂。"

"你跟我来。"葛朗台说道。

守财奴叭地合上刀，将剩下的白葡萄酒喝完，打开门出去了。

"堂弟，拿出勇气来！"

姑娘的语气使夏尔心都凉了。他满怀焦虑，跟着吓人的伯父走了。欧也妮、她母亲和拿侬三个人在强烈的好奇心驱使下，一齐奔进厨房，想偷偷看一下即将在潮湿的小花园上演的那场戏中的两位演员。伯父先是一声不吭地和侄儿走着。告诉夏尔说他父亲死了，葛朗台并不觉得为难；但知道夏尔此刻已身无分文，倒产生了几分同情，于是想找几句话缓和一下这残酷的事实。"你父亲去世了！"这句话好说，因为父亲总是死在孩子前面的。不过，"你一点家产也没有了！"这句话却概括了世界上所有的苦难。老头子在花园中间那条踩上去咯咯作响的沙径上已经走了三个来回。每当生活中发生大事的时候，我们的思想总会牢牢围绕着喜怒哀乐向我们袭来的地方。因此，夏尔特别注意细看小花园中的黄杨、枯萎的落叶、坍塌的围墙、奇形怪状的果树和所有别具特色的地方，这一切都会铭刻在他记忆之中，永远和这一关键的时刻联系在一起，因为情绪的激烈波动特别令人难以忘怀。

"天气很暖和，好极了。"葛朗台深深吸了一口气，说道。

葛朗台眼中的一切都是与钱沾边的，"三句话离不开本行"，不愧为最著名的"守财奴"。个性化的语言，使人物形象更加鲜明。

环境描写，衬托出人物的内心。

"是呀，伯父，可是为什么……"

"好吧，孩子，"葛朗台说道，"我有些坏消息要告诉你。你父亲情况很不好……"

"那我还在这儿干嘛？"夏尔嚷道，跟着便喊："拿侬，到驿站去雇马。在本地准能找到车子吧。"说着转身看着伯父。但伯父一动也不动。

"要车要马都没有用了。"葛朗台回答道，一面看着夏尔。夏尔没有说话，两眼直勾勾的。"是呀，可怜的孩子，你猜对了。他死了。这还不算，还有更严重的，他是开枪自杀的……"

"我父亲？……"

"是啊。这还不算。报纸还要妄加评论。给，你看吧。"

葛朗台拿出向克罗旭借的那张报纸，把那篇可怕的文章送到夏尔眼前。可怜的年轻人还是个孩子，还处于天真而易动感情的阶段，<u>看了不禁泪如雨下。</u>

<u>夸张的修辞方法。很显然，父亲的死给了夏尔年轻的心沉重的打击，自然悲痛万分。</u>

"这下子好了。"葛朗台心想，"刚才他的两眼真吓人，现在他哭了，这就没事了。"接着，不管夏尔是否在听，他提高嗓门又说道，"这还不算什么。没什么，慢慢会过去的，不过……"

"永远不会！永远不会！爸爸呀，爸爸！"

"他把你的财产都败光了，你一个钱也没有了。"

"这有什么关系！我爸爸呢？我爸爸在哪儿？"

抽泣和号啕大哭的声音在围墙内震天价响，激起了阵阵回声。三个女人跟着也落下了同情的眼泪。哭和笑一样都是能传染的。夏尔不再听伯父说话，跑到院子，奔上楼梯，冲进房间，身子横着往床上一躺，把脸埋进被里，躲开亲人，尽情哭了起来。

"让第一场暴雨过了再说。"葛朗台说着回到屋里。欧也妮母女二人赶紧各就各位，擦干了眼睛，哆哆嗦嗦的手重又拿起了活计。"<u>这个年轻人真没出息，把死人看得比钱还重。</u>"

如此恶毒的话语，显示出了葛朗台最冷酷的亲情。

欧也妮听见父亲在别人痛失慈父的时候还说出这样的话来，不禁打了一个寒噤。从此便对父亲有了另一种看法。夏尔虽然强忍哭声，但在这回声很大的房子里仍然听得见他的抽噎。沉痛的呻吟仿佛来自地下，逐渐减弱，到了傍晚才完全止住。

"可怜的孩子！"葛朗台太太叹道。

这一声叹息可惹了祸了！葛朗台看了看他妻子、欧也妮和糖碟子，想起了为这个倒霉的亲戚准备的丰盛午饭，便往房子的中央一站，照例十分冷静地说道：

"请您听着，葛朗台太太，我希望您别继续胡花钱了。我的钱不是给您买糖去喂那个小浑蛋的。"

"这不关母亲的事，"欧也妮说道，"是我……"

"你是不是因为已经成年了，竟敢和我顶嘴。"葛朗台打断女儿的话，说道，"欧也妮，你想想……"

"父亲，您弟弟的儿子到了您家里总不该……"

"得，得，得，得，"箍桶匠抑扬顿挫地说道，"又是我兄弟的儿子，又是我侄儿。夏尔和咱们毫不相干，他连一分钱、半分钱都没有。他爹破产了。等这个公子哥儿哭够了，就叫他滚蛋，我不愿意他把我家弄得天翻地覆。"

"父亲，什么叫破产？"欧也妮问道。

"<u>破产就是做了最丢人现眼的事，比所有丢人的事更丢人。</u>"

最与众不同的、颠倒黑白的道德衡量标准。

"那一定是很大的罪孽啰，"葛朗台太太说道，"咱们的兄弟要进地狱了吧。"

"哼，又来唠叨了。"葛朗台耸了耸肩膀，接着又说，"欧也妮，破产是一种盗窃，可惜法律保护这种盗窃。人家看见纪尧姆·葛朗台有声誉，又诚实，把货品交给他，谁知他全部据为己有，让人家哭爹叫娘去。破产的人比拦路抢劫的盗匪更要不得。劫匪抢你，你可以自卫，他也是拿脑袋来赌，可是破产的人……总之，夏尔是名誉扫地了。"

这番话一直钻进可怜的姑娘心里，沉沉地压在她心头。她单纯得像树林深处的一朵娇嫩的鲜花，既不懂处世之道，也不会分辨那些似是而非的诡辩和骗人的道理。她父亲信口给她解释破产，故意将非有意的破产和有计划的破产混为一谈，欧也妮居然相信了。

"那么，父亲，您就不能阻止这场大祸吗？"

"我兄弟并没有跟我商量，再说，他欠人四百万。"

"父亲，那么一百万是多少？"她问道，天真得像个孩子，以为自己想要什么便能有什么。

"一百万吗？"葛朗台说道，"就是一百万个二十苏的钱币，五个二十苏的钱币才是五法郎。"

"我的上帝！我的上帝！"欧也妮惊叫了起来，"我叔叔一个人怎么能有四百万呢？在法国还有别人有这几百万几百万的吗？(葛朗台老头抚摩着下巴，微笑着，肉瘤仿佛鼓了起来。)那我堂弟夏尔怎么办？"

葛朗台话外音："我——葛朗台老头就有。"

"他就要到印度去，按照他父亲的遗愿，想法在那儿发财。"

"可是他有钱到那儿去吗？"

"我给他出路费……一直送他到……，对一直到南特。"欧也妮蹦起来搂着她父亲的脖子。

"啊！父亲，您，您真好！"

她热烈拥抱父亲，使葛朗台几乎有点惭愧，良心多少受到了点责备。

这种心理在葛朗台身上可是百年罕见的，真不容易！

"攒一百万要很长时间吗？"她问道。

"当然！"箍桶匠说道，"你知道一个拿破仑金币是多少吧，一百万就是五万个金币。"

"妈妈，咱们给他念'九日经'吧。"

"我也想到了。"做母亲的回答。

"又来了！……总是花钱，"做父亲的吼道，"好啊，你们以为咱们家有成百上千的钱是吗？"

这时，阁楼隐隐传来了一声更加凄厉的哀号，欧也妮母女听了毛骨悚然。

"拿侬，上去看看他是不是要自杀。"葛朗台这句话吓得欧也妮母女脸色苍白。接着，他扭头对母女俩说："喂，你们两个可别干蠢事，我走了，今天那几位荷兰客人要走，我得去陪陪他们。过后我去看克罗旭，把这些事跟他谈谈。"

他走了。葛朗台一带上门，欧也妮母女便长出了一口气。那天早上以前，女儿对父亲从未感到过拘束，可是这几个小时，<u>她的思想感情无时不在发生变化。</u>

"妈妈，一桶酒能卖几个法郎？"

"你父亲卖酒每桶在一百至一百五十法郎之间，我听人说，有时能卖到两百。"

"那么如果收成能酿一千四百桶酒……"

"老天爷，孩子，我可不知道能卖多少了，买卖的事，你父亲从来不跟我谈。"

"不过爸爸一定很有钱。"

"也许。但克罗旭告诉过我，你爸爸两年前买了弗鲁瓦丰那块地。手头有点儿紧了。"

欧也妮对父亲的财产再也搞不清了，她的计算便到此为止。

"那个帅小伙根本就没看我，"拿侬回来说道，"他像头小牛，躺在床上，哭得像泪人似的，天可怜见，这招人疼的小少爷怎么伤心成这个样儿呀？"

毛骨悚（sǒng）然：形容很害怕的样子。

双重否定表示肯定。强调她的思想感情时时刻刻都在变化着。

"妈妈，咱们快去安慰安慰他吧，如果有人敲门，咱们就下来。"

女儿的话很动听，葛朗台太太没法拒绝。欧也妮有高尚的情操，她已经长大了。母女二人上楼去夏尔的卧房时，心里怦怦直跳。房门是开着的，小伙子什么也没看见，什么也没听见，只是一个劲儿地哭，发出断断续续的哀号。

"他多爱他的父亲！"欧也妮低声说了一句。

从这句话的语气不难看出，少女已经不知不觉动了真情，心存希冀。因此，葛朗台太太慈祥地看了女儿一眼，凑到她耳边低声说："当心，你会爱上他的。"

"爱他！"欧也妮说道，"如果您知道父亲说过的话就不会这样想了。"

夏尔翻了个身，看见了伯母和堂姐。

"我父亲没了！我可怜的父亲呀！如果他把那件倒霉事告诉我，我们两个人还可以想办法补救。我的上帝！我的好爸爸！我本来以为会再见到他，所以临走时拥抱他大概也不够热烈。"

说到这里，他已经泣不成声。

"我们会为他祈祷的。"葛朗台太太说，"这是上帝的安排，你看开点吧。"

"堂弟，你要勇敢点，"欧也妮说道，"事情已经无法挽回，现在应该考虑怎么挽救你的名誉……"

女人天生聪明，什么事情都能动脑筋，即使在安慰人的时候也是如此。欧也妮想要堂弟关心一下他自己，好减轻一些痛苦。

"我的名誉？……"年轻人大叫一声，将头发一甩，从床上翻身坐起，双臂交叉，放在胸前，"唉，不错，我伯父说，我父亲破产了。"他撕心裂肺地叫了一声，双手蒙脸，"别管

我了，堂姐，您别管我了！上帝呀上帝！您就饶恕我父亲吧，
他一定已经很痛苦了。"

　　看见这个年轻人胸无城府、没有任何自私的想法，纯粹
是真情流露，痛苦万分，怎不令人深受感动呢。当夏尔挥手
要欧也妮母女离开他时，她们那两颗淳朴的心都明白，这是
一种不愿让他人介入的痛苦。于是她们回到楼下，坐到窗子
旁边的位置，重又拿了活计，彼此一言不发地工作了约一个
小时。刚才欧也妮偷眼看了看年轻人的什物，少女的眼睛一
瞬间便能明察秋毫。她瞥见了夏尔的梳洗用具、镀金的剪子
和剃刀。在苦痛之中仍然露出豪华气派，也许由于这样的反
差，她觉得夏尔更加值得关心了。她们母女二人一向过惯平
静孤独的生活，从来没有一件如此严重的事，一个如此富有
戏剧性的场面激动过她们的心。

　　"妈妈，"欧也妮说道，"咱们为叔叔戴孝吧。"

　　"让你父亲来决定吧。"葛朗台太太回答。

　　两个人说完又不言语了。欧也妮一针针地织，动作很有
规律，有心注意的人一看便知道她内心正在想事，可爱的姑
娘首先想到的是如何与堂弟分忧。约摸四点钟，槌子一声猛
响简直就敲到了葛朗台太太的心上。

　　"你父亲怎么了?"她问女儿。

　　只见葛朗台兴冲冲地走进来。摘了手套，使劲搓着双手，
像要把皮也搓破似的，幸亏他手上的皮像俄罗斯皮革一样鞣
过，就差没有松香和乳香的味道。他踱来踱去，看看天时，
终于道出了心中的秘密。

　　"老伴，"他一点也不结巴地说道，"我把他们都骗过了。
咱们的葡萄酒全部脱了手！今早那些荷兰人和比利时人准备
走，我在广场溜达，就在他们旅馆前面，装出傻乎乎的样子。
你认识的那个家伙果然冲我走过来。所有出产好葡萄的人都

明察秋毫：比
喻为人非常精
明，任何小问
题都能看得很
清楚。秋毫：
秋天鸟兽身上
新长出的细
毛，比喻微小
的事物。

使葛朗台快乐
的原因只有一
个——金钱。

不卖，想等一等，我自然不阻拦他们。那个比利时人急了，我看得出来。买卖成交，他把咱们的葡萄酒全买了，每桶二百法郎，一半给现金，用金币支付。单据已经签好，这是给你的六个路易。三个月后，酒价准跌。"

最后这句话，他说得很镇定，但充满讥讽。索漠人当时已经聚集在广场上，听说葛朗台已将自己的酒脱手，都感到十分恼火，如果听到上述谈话，非发抖不可。大家一慌，酒价可能会跌一半。

"父亲，今年您有一千桶，对吗？"欧也妮问道。

"是啊，小宝贝。"

这个词是老箍桶匠心中高兴到极点的表示。

"一共可以卖到二十万法郎。"

"是啊，葛朗台小姐。"

"那么，父亲，您帮助夏尔就不犯难了。"

古代巴比伦王伯沙撒看见一只无形的手在墙上写下算、量、分三个大字时，惊讶、愤怒和愕然的心情也没法与今天葛朗台的恼火相比，他早已不再想他的侄儿，却发现侄儿仍盘踞在女儿心里，女儿事事都在替他打算。

"原来如此。打从这个公子哥儿踏进我的家门，一切都乱了套。你们摆阔，买糖果，摆宴席，大吃大喝。我可不答应。到了这把年纪，我知道我该怎么做人，起码用不着我女儿或其他人来教训我。对我的侄儿，该做些什么我自会安排，不用你们插手。至于你，欧也妮，"他转过身来，又对女儿说，"在我跟前不必再提他，否则，我把你和拿侬一起都送到诺阿伊哀修道院去，看我做到做不到。你敢再哼一句，最迟明天就送你去。那小子在哪儿？下楼了吗？"

"没有，老爷。"葛朗台太太回答道。

"那他在干什么？"

欧也妮在要他吝啬老父亲的命。

"哭他的父亲哪。"欧也妮说。

葛朗台瞪着女儿，说不出话来，他好歹也是父亲啊。在大厅里转了一两圈以后，他匆匆上楼，到密室里琢磨买公债的事去了。他那两千阿尔邦的森林，树木齐根砍下来，卖了六十万法郎，加上卖白杨树的钱、去年和今年的收入，刚成交的二十万法郎买卖还不算，可以净得九十万法郎。公债的行情是七十法郎，短时间内便能获利两成，这对他很有吸引力。他耳边虽然传来侄儿的哀哭，但跟没听见一样，径自在登载他兄弟死讯的那张报纸上计算投机购买公债的数日。拿侬来敲墙请主人下楼，晚饭已经准备好了。葛朗台下到拱道楼梯的最后一级时心想："既然能拿到八厘利，这笔买卖何乐而不为。两年内我便有十五万法郎，在巴黎换成金币提回来。"

"对了，我侄儿在哪儿?"

"他说他不想吃饭，"拿侬说道，"这对身体可不好。"

"倒是省口粮了。"主人说。

"可不是。"拿侬说道。

"哼，他不会老哭的。狼饿了也会跑出树林。"

吃饭时，大家出奇地沉默。

"老爷，"桌布撤走以后，葛朗台太太说道，"咱们得戴孝吧。"

"葛朗台太太，您真会想办法花钱。戴孝在乎心而不在乎衣服。"

"可是兄弟的孝是非戴不可的，教会嘱咐我们……"

"就用你那六个金币去买孝服吧。我吗，给我一块黑纱就行。"

欧也妮抬眼望天，一语不发。生平第一次，她一向潜伏着并受到压抑的宽厚的天性，突然觉醒了，但却无时不被伤

亲兄弟的性命根本不能和金钱相提并论。

害。这一夜表面看和以往成千个单调的夜晚没什么两样，但肯定是最令人难受的一夜。她头也不抬地干活，根本不用前一天被夏尔瞧不上眼的针线盒。葛朗台太太依然织她的套袖。葛朗台则扳着指头算了足足四个钟头，计算的结果第二天准会使索漠的人大吃一惊。那天晚上谁也没上门。全城人都在纷纷谈论葛朗台那棘手的一招、他兄弟的破产和侄儿投奔他的事。索漠城所有中、高层的葡萄园主都有需要就共同利益交换一下意见，因此聚集在德·格拉桑先生家里，把前市长葛朗台骂个狗血喷头。拿侬还在纺纱，灰暗的天花板下只听见她纺车的声音。

"咱们连舌头也省了。"她说着露出两排大白牙，活像剥了皮的杏仁。

"什么都得省。"葛朗台从沉思中惊醒，回答道。他仿佛看到未来三年内的八百万，而他正在金币的海洋上泛舟哩。"咱们睡去吧，我替大家去给侄儿道晚安，看他想不想吃点儿东西。"

葛朗台太太站在二楼楼梯旁边想听夏尔和老头子之间的谈话，欧也妮比母亲胆子大些，多走上两级。

"喂，侄儿，你心里难受，对，你就哭吧，这是人之常情。父亲到底是父亲。咱们有苦也得忍着点。你在哭，可我却在替你打算，瞧，我这位伯父多好。嗨，拿出勇气来。想喝一小杯葡萄酒吗？在索漠，葡萄酒根本不值钱，请人喝酒就像在印度请喝茶一样。"接着又说，"咦，你屋里没灯，这可不好！干什么事都得看得清清楚楚才行。"说罢向壁炉走去。忽然叫了起来，"咦！有白烛。哪儿来的白烛？那两个娘儿们为了给这小子煮鸡蛋连我的地板也会撬掉。"

听见这句话，母女二人赶紧回房，钻进被窝，速度之快，好比受惊的耗子回洞。

"葛朗台太太，您有个金矿是不是？"葛朗台走进老伴的房间，问道。

"老爷，我正祈祷哩，您等一下行吗？"可怜的母亲连声音都变了。

"你仁慈的上帝见鬼去吧！"葛朗台嘟囔着回了一句。

吝啬鬼是不信有来生的，对他们来说，现在就是一切。这句话把当今这个时代说得很透彻。金钱支配法律、政治和风俗，尤以现代为甚。制度、书籍、人物和学说，一切都联合起来破坏对来世的信仰，动摇一千八百年来社会大厦的基础。现在，死亡成了并不太可怕的过渡阶段。安魂曲后等待着我们的未来已经被移放到现在。人们普遍的想法，就是以合法或不合法的手段到达骄奢淫逸的尘世天堂，为了过眼云烟般的财富而苦心孤诣，胼手胝足，像从前为了达致永福而清心寡欲，苦修来世一样。这种想法到处都见诸文字，甚至写进法律。法律不问立法者"你想什么？"而是问"你付多少钱？"这种学说从资产阶级传到平民百姓的时候，国家会变成什么样子呢？

"葛朗台太太，你完了没有？"老箍桶匠问道。

"老爷，我在为您祈祷呢。"

"好极了！晚安。咱们明儿早上再谈。"

可怜的女人睡下了，像一个没有复习好功课的小学生，担心醒来时看到老师生气的面孔。正当她战战兢兢钻进被窝，蒙上头什么都不想听的时候，欧也妮穿着睡衣，光着脚溜到她身旁，亲吻她的前额。

"啊，好妈妈，"欧也妮说道，"明天我告诉他，一切都是我做的。"

"别，他会把你送进诺阿伊哀修道院。还是让我来对付，他不会把我吃了的。"

上帝与金钱的一番较量之后，上帝输给了金钱。金钱成为"这个时代"最精彩的注解；"这个时代"让金钱拥有了本属于上帝的权力。这是作者的借题发挥，表达他对当时那一切以金钱为标准的时代的深刻批判。

战战兢（jīng）兢：状态词，形容因害怕而微微发抖的样子。

"妈，您听见没有？"

"什么？"

"唉，他还在哭哩。"

"女儿，你快去睡吧。你的脚会着凉的，地砖潮着呢。"

多事的一天就这样过去了，可怜而有大笔遗产可以继承的欧也妮一辈子也忘不了。从今以后，她睡得再也不像从前那样踏实和香甜。人类生活中某些行为，就其本身而言虽然千真万确，但往往似乎难以置信。这难道不是因为我们往往不从心理的角度去分析我们自发的决定，又不去解释促使我们做出这些决定的神秘原因吗？也许欧也妮深沉的爱应该从她机体最敏感的组织去分析。因为，据某些喜欢嘲弄的人说，她这种爱已经变成了一种病，影响着她的一生。许多人宁愿否认事情的结局而不愿去衡量精神领域中事与事之间神秘的关联、症结和纽带的力量。所以，对善于观察人性的人来说，欧也妮的过去造成了她什么都天真地不假思索，但有时也会突然感情流露。她的生活越是平静，女性的怜悯心，这种最机敏的感情就越会油然而生。因此，她被白天发生的事情所困扰，夜里多次醒来，倾听堂弟的动静，仿佛从昨天以来一直萦回在她心里的堂弟的悲叹声仍然不断传来。有时看见他悲痛欲绝，有时又似乎梦见他快饿死了。黎明时分，她确实听见了一声凄厉的大喊，便赶紧穿上衣服，蹑手蹑脚地，就着熹微的晨光，奔到堂弟身旁。只见门开着。烛台上的蜡烛已经燃尽。夏尔累坏了，和衣坐在一把扶手椅上睡着了，头仰靠在床上，像空腹睡着的人那样做着梦。欧也妮可以尽情地哭，尽情欣赏这张年轻漂亮、被痛苦折磨的脸，那双哭肿了、连睡着了还像仍在流泪的眼。夏尔似乎有心灵感应，猜到欧也妮来了，便睁开眼睛，看见姑娘一脸同情地站在面前。

"对不起，堂姐。"他说道，显然不知道当时是什么时候，

> 对夏尔的爱与怜悯已经完全占据了欧也妮的心。

自己又在什么地方。

"堂弟，这里有几颗心在听着您，我们还以为您需要点什么哩。您应该躺下睡觉，这样坐着多累呀。"

"这倒是。"

"那好，再见了。"

欧也妮赶紧溜走，觉得到这儿来既高兴又害臊。<u>只有天真无邪的人才敢做出如此大胆的事</u>。如果细想一下，讲道德的人也会和做坏事的人一样要盘算盘算。欧也妮在堂弟身边时并没有发抖，可回到自己房间便连站也站不稳了。糊里糊涂的生活突然结束，变得理智起来，把自己着实埋怨了一番。"他对我会怎么想呢？一定以为我爱上他了。"其实这正是她所最希望的。坦率的爱都有预感，知道自己的爱能激起对方的爱。待字闺中的姑娘像这样偷偷溜进青年男子的卧室，这对她来说，是何等重大的事！在恋爱之中，某些人的思想和行动不就等于神圣的婚约吗？一小时以后，她走进母亲的房间，和平常一样伺候她穿衣服。然后，两个人坐到窗前各自的座位，等待葛朗台的到来。焦虑的情绪正如一个人害怕责怪和惩罚，身上一阵冷，一阵热，一颗心或者揪紧，或者放松，随性格而异。这种感觉其实很自然，拿家畜来说，它们不小心弄伤了自己，从来不哼哼，而受到一丁点儿惩罚，却会大叫起来。老家伙下楼了，若无其事地和他老伴说话，拥抱了一下欧也妮，然后坐下吃早饭，似乎压根儿没去想昨天威胁的话。

"我侄儿怎样了？这孩子倒不烦人。"

"老爷，他还在睡。"拿侬回答道。

"好极了，这样就不需要白烛了。"葛朗台话中带刺地说。

这种不寻常的宽容，这种带有挖苦的高兴，使葛朗台太太很惊讶，定睛看着她丈夫。老家伙……在这里也许有必要

只有……才……：表示条件的关联词，强调欧也妮的天真无邪。

若无其事：好像没有那么回事似的，形容不动声色或漠不关心。

说明，在都兰、安茹、普瓦图、布列塔尼等地区，我们经常用来指葛朗台的老家伙这个字眼，一般是称呼上了点岁数的人，也许是个最苛刻的家伙，也许是个最慈祥的人。这个称呼丝毫不说明此人本身是否宽厚仁慈。书归正传，老家伙拿起帽子、手套，说道："我到广场转转，碰碰那几位克罗旭。"

"欧也妮，你爹心里一定有事。"

守财奴的人生准则！

说真的，葛朗台睡眠不多，夜里有一半时间用来做各种事先的盘算，因此，他的观点、看法、计划都惊人的准确，料事如神，使索漠人惊讶不已。人的任何力量都是忍耐和时间的集合体。有目标，又能觑准时机的便是强者。吝啬鬼的生活就是不断利用人类这种力量，为自我服务。他只依靠两种感情：自尊心和利益。在某种意义上，利益也就是切切实实的自尊心，真正优越感的一贯证明。所以，自尊心与利益不过是自私自利这个整体的两个方面。也许正因为此，把吝啬鬼巧妙地搬上舞台，总能引起人们极大的兴趣。每个人都与这样的人物有共同之处，涉及并概括了人类的一切感情。试问哪个人没有欲望，哪种社会欲望可以不靠金钱便能满足呢？

守财奴通用的心理模式。

照他妻子的说法，葛朗台的确心里有事。像所有的守财奴一样，他时刻都有一种强烈的需要，总想和别人较量，通过合法的途径将别人的钱据为己有。将别人的钱弄到手，难道不就证明自己有力量，永远有权利瞧不起世界上任人宰割的弱者吗？啊！安静地躺在上帝脚下的羔羊，是世界上所有牺牲者和他们的未来最动人的象征。总之，是被人歌颂的痛苦与宽容的化身，可是有谁真正理解这一点呢？守财奴将这只羔羊养肥，圈起来，然后宰杀，煮熟，吃掉。不把它当回事。金钱和轻蔑便是守财奴的饲料。

夜里，老家伙的想法换了一个方向，这就是他表现得所谓宽大的缘由。他想出了一个计谋耍弄巴黎人，将他们搓、揉、捻、捏，折腾得他们跑来跑去、汗流浃背、怀着希望、脸色发白；他这个以前的箍桶匠躲在灰暗的厅堂深处，在索漠家中虫蛀的楼梯上走着的时候，便能将这些巴黎人玩弄于股掌之上。他满脑子都是侄儿的事。想让侄儿和他都不必花一文钱便能挽救他兄弟的名誉。他马上便要将自己的现金放出去三年，这样他只消管理不动产便行了。但他狡猾的本领也该有个用武之地啊，于是他想到了兄弟破产这件事。手边没有旁的东西好抓挠，便想对巴黎人下手，让夏尔得些好处，自己也可白捞一个有情有义的兄长这样的好名声。他这样做倒并非出自家族名誉的考虑，因此这番好心可以比作一个赌徒，想要看到一场自己不下注的赌博赌得精彩。克罗旭们是他必不可少的工具，但他不愿意去找他们，而要使他们自己来。他打算当晚便上演刚刚编好的那场喜剧，以便第二天一个小钱不花就博得全城的喝彩。

这样一个"名利双收"的好机会，葛朗台怎么可能轻易地放过！只赚不赔的买卖葛朗台这辈子还从没失手过。

▌情境赏析▐

如果说夏尔突然来到葛朗台家是这部小说情节变化的第一个波澜的话，那么夏尔得悉自己父亲去世的消息，则是第二个波澜。因为夏尔的不速来访改变了葛朗台家的平静生活，也改变了原有的克罗旭、格拉桑两家争夺欧也妮的格局。由于欧也妮已暗自喜欢上夏尔，使得夏尔似乎已占据上风。但是，变故的发生和葛朗台的公开否认，使欧也妮的爱情遭受了打击，也为下文欧也妮不顾父亲的反对仍旧爱上夏尔，并最终将自己的全部积蓄送给他作了很好的铺垫。这就使故事情节的展开显得非常自然、合理。

作者对葛朗台无疑是厌恶的，所以把他的恶习怪癖和畸变的心灵写得有些夸张。但是作者并没有把他写成一个毫无同情心的人，而是写了他对夏尔一个钱都没有了，倒有些同情。这样写是合情合理的。因为葛朗台不是天生的恶人，也不是无缘无故作恶的人。事实上，这样的恶人是没有的。葛朗台只是由于对金钱顶礼膜拜，由于贪欲压倒了其他的情感，才发生了心灵的畸变，才产生了种种恶习怪癖。这样写更能揭露拜金主义的危害。

▌名家点评▐

《欧也妮·葛朗台》是《人间喜剧》"最出色的画稿之一"。

——［法］巴尔扎克

在这个世界上承诺与誓言是最神圣而不可侵犯的，它们是人与人之间取得彼此信任的纽带。商人的许愿常被形容为"一诺千金"，这是最强调道德责任的一种诺言，如若做出背信弃义的行为，自是要为世人嘲讽、同行所不齿的。这样的人一向被共称为"奸商"。爱情的誓言是最甜蜜的，也是最动听的，中国自古就有成语"海誓山盟"为证，然而就像罗密欧对着月亮的起誓，朱丽叶说情人的誓言是这世上最变化无常的。如今这两种最典型的誓言都出现在这部小说中，而且分别发生在葛朗台家族叔侄二人的身上，那么夏尔与葛朗台是如何演绎各自的起誓与许愿的呢？让我们一起走进这一章节——《吝啬鬼的许愿和情人的起誓》。

父亲不在家，欧也妮可以高高兴兴地公开照顾她心爱的堂弟，放心大胆地将自己满腔的怜悯倾泻在他身上。怜悯这种崇高的感情是女人胜于男子的优点，是她们想让人感觉到的唯一感情，是她们愿意让男人激发起而不以为忤的唯一感情。欧也妮跑去倾听堂弟的呼吸已经有三四次，想知道他仍然在睡还是醒了。后来，他起床了，于是她细心地张罗起奶油、咖啡、鸡蛋、水果、盘子、酒杯等一切早餐需要的东西。她轻捷地爬上破旧的楼梯，去听堂弟的动静。他在穿衣服吗？是否还在哭？她一直跑到房门外面听。

"堂弟。"

"堂姐。"

"您想在哪儿用早餐？在楼下大厅还是房间里？"

"随便。"

"您身体怎样？"

"亲爱的堂姐，真不好意思，我饿了。"

> 世上有许多爱都是和怜悯混淆不分的，这种爱通常都没有好结局。

这段隔着房门的谈话对欧也妮来说，简直就是一段小说。

"好吧，我们把早餐送到您房里，省得爸爸说。"她像小鸟一样轻快地下楼跑进厨房，"拿侬，你去收拾他房间。"

这道经常上下，一点声音便吱吱作响的楼梯，欧也妮此时非但不觉得它破旧，反而觉得很明亮，会说话，像自己一样年轻，像她的爱情一样新鲜，而且能为她的爱情帮忙。还有她那位宽容的慈母也乐意助她一臂之力。夏尔的房间收拾好了以后，母女二人便来陪伴不幸的小伙子。基督教慈悲为怀，不是嘱咐人要安慰受苦的人吗？两个女人从宗教教义中找到不少根据为自己出轨的行为做借口。夏尔·葛朗台于是得到了最亲切温馨的照顾。他那颗被痛苦折磨的心，强烈地感觉到这种体贴入微、令人心醉的友谊和同情，那是两个一贯受压抑的灵魂在日常的苦难之中一旦能自由发泄便会表露出来的。既属至亲，欧也妮便毫无顾忌地替堂弟收拾带来的衣物和梳洗用具，尽情欣赏手里碰到的每一种贵重的东西和镶金镀银、做工精细的小玩意儿，而且借口察看做工久久不忍释手。伯母和堂姐的拳拳盛情和关心，夏尔看在眼里，自然深受感动，他深知巴黎的社会，以他目前的处境，遇到的只能是一颗颗冷酷的心。此时，欧也妮在他眼里显得特别美，光艳照人，昨天他还觉得可笑的生活习俗，从此却赞美它的淳朴了。因此，当欧也妮从拿侬手里接过盛着奶油咖啡的糖瓷碗，诚心诚意地递给他并深情地看着他的时候，他含着眼泪拿起欧也妮的手，吻了一下。

"嗨，您又怎么了？"欧也妮问道。

"噢！我真是感激涕零啊。"夏尔回答道。

欧也妮霍地转过身，去拿壁炉上的烛台。

"拿侬，给，拿走。"她说道。

她扭头看堂弟的时候脸还涨得通红，心里虽然万分喜悦，

落难的公子哥得此意想不到的安慰，自然十分感动。

感情急剧升温。

但眼神至少没有流露出来。两个人的眼睛洋溢着同样的感情，两颗心交汇着同样的想法：未来是属于他们的了。对处于极大哀痛之中的夏尔来说，这样温馨的感觉简直出乎意料，自然更为甜蜜。此时，一声槌响，两个女人赶紧各回各位。幸运的是，她们下楼的速度很快，等葛朗台进屋时，她们已经拿起了活计。如果在拱廊里被碰见，老家伙一定会疑心的。他三口两口把午饭吃完，给他看庄园的人因为没拿到先前许诺给他的津贴，从弗鲁瓦丰来了，捎来一只野兔和几只鹧鸪，都是在地里猎到的，还有磨坊老板欠下的几条鳗鱼和两条梭鱼。

"嗨，嗨，科努瓦耶这小子来得正好。这东西好吃吗？"

"当然，好心的老爷，两天前打的。"

"喂！拿侬，快来，"老家伙说道，"把这拿去，晚上吃，我要请两位克罗旭吃饭。"

拿侬呆呆地瞪大眼睛，看着大家。

"可是叫我到哪儿找肥肉和调料呢？"她问。

"老婆子，"葛朗台对太太说，"给拿侬六个法郎，记得提醒我去地窖拿瓶好酒。"

看庄园的那个人早已准备好一套话，想请葛朗台解决他的工钱问题，他说道：

"那么，葛朗台老爷……"

"得！得！得！得！"葛朗台说，"我知道你想说什么，你是个好小子，咱们明天再谈，今天我太忙了。老婆子，给他五个法郎。"他对葛朗台太太说道。

他说完拔腿就走。<u>可怜的女人觉得花十一个法郎能买个清静，十分高兴。她知道，葛朗台这样把给她的钱一个法郎一个法郎地收回去之后，半个月内准不会再啰唆。</u>

"给，科努瓦耶，"她说着将十个法郎塞到对方手里，"改

老箍桶匠居然要请客！千载难逢啊！可是他究竟意欲何为呢？一定是黄鼠狼给鸡拜年——没安好心！

拿钱买清静！

天再谢谢你。"

科努瓦耶没话可说，走了。

"太太，"拿侬说，她已经戴上黑头巾，挎起篮子，"我只要三个法郎，剩下的您留着吧。够了，我一样能应付的。"

"晚饭做好一点，拿侬，我堂弟要下楼吃饭的。"欧也妮说道。

"家里肯定有不寻常的事。从我结婚以来，这是你爹第三次请客。"

快到四点，欧也妮母女已经摆好了六个人的刀叉，一家之主从地窖拿来了几瓶外省人当宝贝的好酒。这时候，夏尔走进了正厅。年轻人脸色苍白，举止、动作、眼神、讲话的声音都含有一种凄苦的风韵。他没有装假，他的痛苦是真实的。悲伤笼罩在他脸上的愁云，特别容易使女人动心，欧也妮因此更爱他了。也许不幸缩短了他们之间的距离，夏尔不再是高不可攀和风度翩翩的富家子弟，而是一个落难的穷亲戚了。苦难出平等。女人和天使有一个共同点，就是悲天悯人。夏尔和欧也妮两人灵犀相通，但只能眉目传情。那个失去父母的落难公子一言不发，坐在一个角落，安静而矜持。但他堂姐不时投来温柔爱抚的目光，迫使他抛开满腔的愁绪，与她神游于希望和未来的太空，欧也妮所求不过如此。这时候，葛朗台请克罗旭吃饭的消息已经轰动了索漠全城，其强烈程度超过了前一天他瞒着所有葡萄园主私下出售自家收成这种背信弃义的行为。这个老谋深算的葡萄园主请客吃饭，如果目的只是想和古希腊的将军阿西比亚得一样，为骇世惊俗而割掉爱犬的尾巴，他也许会成为一位大人物。但他不断耍弄全城的人，从无敌手，所以从不把索漠人放在眼里。德·格拉桑他们很快便获悉夏尔的父亲因破产而自杀身亡的消息，决定当晚到葛朗台家吊唁和慰问，顺便探听一下他在

风韵：优美的姿态（多用于女子）。

风度：人的举止姿态（多指美好的）。

矜（jīn）持：庄重；严肃。矜：慎重，拘谨。

这种情况下请几位克罗旭吃饭的动机。五时整，德·蓬风庭长和他那当公证人的叔叔身着节日盛装前来，大家入席，开始用餐。葛朗台神态严肃，夏尔沉默不语，欧也妮也一声不吭，葛朗台太太本来就不爱说话，这顿饭成了地地道道的丧宴。大家吃罢离席时，夏尔对伯父伯母说："我先告退了，因为有几封长信要写。"

"侄儿请便。"

夏尔走了之后，老家伙估计他正在专心写信，什么都听不见了，便神秘地看了看他老婆，说道：

"太太，我们下面要谈的话你们压根儿听不懂，而且已经七点半了，你们该钻被窝了。晚安，我的女儿。"

他拥抱了一下欧也妮，两个女人便走了。于是，葛朗台老头生平施展诡计最多的一场好戏就此开场。葛朗台平日与人做交易，早已练就一套晦迹韬光、波谲云诡的手段，被他咬得太狠的人都在背后称他"老狗"，如果这位索漠的前市长野心更大一些，加上机遇之助，能够爬到社会上层，被派往处理国际事务的会议，使出他从维护私人利益锻炼出来的才华，毫无疑问，定可为法国建功立业。但也有可能，一离开索漠，老家伙便成了个可怜虫。大概有些人就像某些动物一样，一离开土生土长的地方，移居他处，便无法繁殖。

"庭……庭……庭……长……先……先……生，您……您……说……说过……破产……"

老家伙长期以来假装结巴，久而久之，大家便以为他天生如此，还有，一阴天下雨，他便叫苦说耳聋。这两种毛病此时此刻让两位克罗旭烦透了，边听他讲，边偷偷做鬼脸，似乎想努力补足老家伙故意说不清楚的话。在这里，也许有必要交代一下葛朗台口吃和耳聋的历史。

其实，在安茹地区，本地话听得最清楚，讲得也最利索

动机：推动人从事某种行为的念头。

葛朗台的精彩演出开始上演了。

的，莫过于这个狡猾的葡萄园主。尽管他精明透顶，从前也上过一个犹太人的当。在谈买卖的时候，那个以色列人总把手放在耳朵上做听筒状，说是为了听得清楚些，同时说话结结巴巴找不着合适的词，葛朗台好心，认为应该给犹太人提示一下他心里想说又说不出来的词句和想法，结果将犹太人要讲的道理和该讲的话替那该死的犹太人说了，最后他自己倒成了犹太人而不是葛朗台。这场别开生面的交手，使箍桶匠在他商业生涯当中做了唯一一笔吃亏的买卖。他虽然破了财，思想上却得到了一个很好的教训，从此获益匪浅。所以，老家伙倒非常感激那犹太人，因他教会自己使商业对手沉不住气的本领，让对方说出自己的想法而忘掉本身的观点。

别开生面：另外开展新的局面或创造新的形式。

那天晚上的事，比任何其他事都更需要耳聋和口吃，需要拐弯抹角，使人晕头转向，好掩盖葛朗台自己的想法。首先，他不愿对自己的想法负责，想保留讲话的主动权，让人摸不清他真实的意图。

葛朗台深通心理战术："欲先取之，必先予之"。

"德·蓬……蓬……蓬风……先生……"三年来，这是葛朗台第二次称克罗旭的侄子为德·蓬风先生。庭长一听很可能以为自己已被刁钻古怪的老家伙内定为女婿了。"您……您……说……说……说过，破产……在……在……在某……某种……情形……下，可……可以……由……由……"

"商业法庭出面阻止。每天都有这样的情况发生。"德·蓬风补充或者自以为猜出葛朗台老头的想法，诚心诚意地打算给他解释。"您想听吗？"

"当然想。"老家伙毕恭毕敬地回答，狡猾的神气，活像个表面装作专心听讲，心里却在讪笑老师的小学生。

讪(shàn)笑：讥笑。

"一个受人尊敬的正人君子，比方，像巴黎已故的令弟……"

"舍……舍弟，对。"

"如果周转不灵……"

"那叫……叫……周转……不灵？"

"对。当他面临破产的时候，对他有管辖权的商业法庭（注意，有管辖权）通过审理，有权为他的商号指定几个清盘人。清盘并非破产，您明白吗？一个人如果破产，便名誉扫地，但如果清盘，则他还是清白的。"

"如果这……这样……做……不……用……花……花更多……的钱，那……差……差别……就……太……太……大了。"

"但即使商业法庭不伸出援手，仍然可以要求清盘。因为，"庭长说着吸了一撮鼻烟，"破产是怎样宣布的呢？"

"对呀，我从未考……考……考虑过。"葛朗台回答。

"首先，"法官继续说道，"当事人本人或者他按规定注册的代理人须向法庭书记室提交一份资产负债表；其次，由债权人出面要求。可是，如果当事人不提交资产负债表，也没有任何债权人要求法庭裁决上述当事人破产，那么事情会怎样呢？"

"对，对呀，……会……会怎样呢？"

"那么死者的亲属、代表、继承人，或者当事人本人，如果没有死的话，或者，如果他藏起来，那就是他朋友，可以申请清盘。也许您是想替令兄申请清盘吧？"庭长问道。

"噢！葛朗台，"公证人叫道，"这太好了。咱们边远的外省还知道名誉的可贵。如果您能挽救您的名誉，因为那的确是您家族的名誉，那您就是一个……"

只可惜葛朗台的葫芦里卖的不是"崇高"这种药！

"崇高的人了。"庭长打断他叔父的话，说道。

"那当然，"老葡萄园主接茬道，"我……我……兄……弟，也像我……一样……姓……姓……葛朗台。这……这……是……肯定的……毫无……疑问。我……没……没有……否认。而且……这种……清盘……不管……怎么……

说……以及……从各……方……方面看……可能……都……对我……心爱的侄儿……有好处。不过得看看。我……不……不……认……识……巴黎……那……那些……狡猾的家伙。我……在索漠,您明白吗?我的……葡萄……秧……葡萄……畦子……总之,……我有我的事……事情。我从没有开过期……期票。期票是什么?我收到的期票……很很多……但从来没签……签发过。期票可……可以兑……兑现……可以贴……贴现。我知……知道的就是这……这些。我听说……说过,期……期票……可……可以赎……回。"

"不错。"庭长说道,"期票可以按原票面额的若干成从市面上收回。您明白吗?"

葛朗台把手做成听筒状贴到耳上,庭长于是给他把原话重复了一遍。

"可是,"葡萄园主回答,"这……这也有利有弊。我……我……我老了……对这……这些事……根本弄不……不清楚。我得……得……留……留在这里……看麦子。麦子……要收……收了。全靠……麦子应付开销。首先,要看好……收……收成。我主……主要的……事情……收……收入……都在……弗鲁瓦丰。我不能……能……抛下……家当去……管那些……令人头……头疼的事……再说……我也不……不明……明白……那些事。您说,为了清……清盘,要……阻止宣布破产,我必须去巴黎。一个人没有……分……分身法……除非是只小鸟……还有……"

"我明白您的意思,"公证人大声说道,"不过,老朋友,您有的是朋友,<u>而且是忠心耿耿的老朋友</u>。"

"好啊,"葡萄园主心想,"您就下决心吧!"

"如果有人去巴黎,找令弟纪尧姆最大的债权人,对他说……"

开销:支付的费用。

而且……:表递进,强调朋友之间的关系非同一般。

"慢……慢……慢着，"老家伙又说道，"跟他说什么？大概……这……这样：索漠的葛朗台这样，索漠的葛……葛……朗台那样。此人爱他的兄弟，爱他……他的……侄儿。葛朗台很念……念亲戚的情分，他心地好。他的收成卖了个好价钱。你们别宣布他破……破产了，你们碰碰……头，指定几位清……清盘人。这样，葛朗台就会瞧……瞧着办。你……你们若清盘一定比让法庭的人插……插手上算得多……嗯！是这样吧？"

"完全正确！"庭长说道。

"因为，德·蓬……蓬……蓬风先生，您看，凡事必须三思，不行就是不行。在花钱的事上，为了不至于破产，必须把收入和支出弄清楚。对不对？嗯？"

"当然，"庭长说道，"我嘛，我认为几个月之内，可以花点钱把债券赎回来，通过安排，将欠款全部还清。哈，哈，给狗看块肥肉，狗就会跟着你跑。只要不宣告破产，债券又拿在手里，你就是白璧无瑕。"

"白……白璧，"葛朗台又把手做成听筒贴到耳朵上，说道，"我不懂什么白……白璧。"

"期票是一种商品，价值有起有落，这是从杰雷米·边沁关于高利贷的原理衍生出来的。这位理论家证明，反对高利贷的偏见纯属无稽之谈。"

"哦？"老家伙哼了一声。

"根据边沁的理论，金钱既然原则上是一种商品，代表金钱的当然也是商品，"庭长又说道，"买卖的东西价格总有变化，而签了名的票据和其他货物一样也是商品，在市场上有时很多，有时短缺，因此价值时而很高，时而跌到一文不值，法庭认为……（瞧，我真糊涂，对不起），我认为您可以按两成半的价钱将令弟签的期票买回来。"

一语双关，意义深刻。

无稽(jī)：无从查考；毫无根据。

"您……您说这个人叫……叫……叫杰……杰……杰雷米·边……"

"杰雷米·边沁，是个英国人。"

"有了杰雷米，我们在买卖上就不必叫苦连天了。"公证人大笑着说道。

"这些英国人有……有……有时候倒也通情达……达理。"葛朗台说道，"这样，根……根……根据边……边……边沁，如果我兄弟的期票……值……值……值……其实已毫无价值。我……我……我这样说是对的，是吗？我明白了……债权人会……不，不会。我全懂了。"

"让我解释给您听吧。"庭长说道，"从法律上讲，如果您拥有葛朗台商号欠人的全部债券，您兄弟或者他的继承人就不欠人什么了。没事了。"

"没事了。"老家伙重复了一句。

"说句公道话，如果令弟的债券在市场上打折若干成出让，（出让，您懂这个字眼的意思吗？）而凑巧您的一个朋友在场买了，债权人出手时又没有受到暴力威胁，那么，已故巴黎葛朗台的遗产便名正言顺地没有什么牵连了。"

"不错，买……买卖就是买卖，"老箍桶匠说道，"这是明摆的……不过，您明……明……明白，事情难……难办……办呀。我……我没有……钱……也没有……时……时间……没有……时间……"

"是的，您无法分身。我自告奋勇替您去巴黎（路费您出，这是小意思）。我去见那些债权人，和他们谈，将债券收回，把付款的日期往后，推推，只要您在清盘的总数上多付一笔附加费，一切都好商量。"

"不过，咱……咱们以后再谈，我不……不……不能，我不想随便答应……在……没有……不行就是不……不行。"

您……您明白吗？"

"这样做是对的。"

"您给我讲……讲的这一切，弄得我头……头昏脑涨。我有……有生以来第一次……不……不得不考……虑……"

"是啊，您不是法学家。"

"我……我是个可……可怜葡萄园主，对您……您刚才说的话……一点也不懂。我得……得……得……琢磨琢磨。"

"好吧。"庭长说着似乎要将讨论做个总结。

"侄儿！……"公证人用责怪他的口吻打断了他的话。

还是公证人精明，姜还是老的辣！

"怎么了，叔叔？"庭长反问道。

"该让葛朗台先生把他的意图向你解释一下。委托办这样一件事非同小可。咱们的朋友得按规定说清楚……"

这时一声槌响报告德·格拉桑一家到。他们进来后一阵寒暄，使克罗旭没法把话说完。公证人觉得话被打断也好，因为葛朗台已经斜着眼睛看他，<u>鼻子上的肉瘤也显示他内心正掀起一场风暴</u>。可是首先，谨慎的公证人认为一位初级法庭的庭长不应亲自去巴黎骗债权人上当，插手与公正严明的法律相抵触的投机活动。而且，他还没听出葛朗台老头有任何掏钱还债的意念，因此他本能地担心他侄儿参与这件事。于是趁德·格拉桑他们进入客厅的时候，拉着庭长的胳膊，将他拽到窗前。

说明他的内心是很复杂的。

"侄儿呀，你那一手已经露够了，献的殷勤也不少了。想要人家的女儿可也得分清东南西北，老天爷，可不能胡闯蛮干。现在让我来掌舵，你在旁边帮帮腔就行。你犯得着拿你堂堂法官的职位去参与这样一宗……"

他的话没说完便听见德·格拉桑先生向老箍桶匠伸出手说："葛朗台，我们获悉府上遭逢不幸，纪尧姆商号出了事，令弟身亡，特地前来表示哀悼。"

"不幸的只是葛朗台先生的弟弟去世了。"公证人打断银行家的话说道，"如果他想到向他哥哥求援，本来是不必自杀的。咱们的老朋友很有荣誉感，打算替巴黎弟弟的商号清偿债务。这些事都牵涉到法律，为了避免他麻烦，我这个当庭长的侄儿自告奋勇，替他立即去巴黎找债权人解决问题，尽量满足他们的要求。"

听到这番话，葡萄园主不断抚摸下巴，表示认同，使三位德·格拉桑异常震惊。他们刚才一路上还大骂葛朗台如何吝啬，几乎认为是他害死了自家的兄弟。

"啊，我早就知道嘛，"银行家望着他妻子大声嚷道，"太太，路上我跟您怎么说的？葛朗台连头发尖都充满了荣誉感，决不容家族的姓氏受到损害！有钱而没荣誉是一种病。咱们外省是讲体面的！这样做好极了，好极了，葛朗台。我是个老军人，不会掩盖自己的想法。我直说了吧：这样做，老天爷，真是伟大极了。"

说罢和老家伙热烈握手，而葛朗台则回答说：

"可……可是，伟……伟……伟大，得花……花许多钱的啊。"

"这个嘛，亲爱的葛朗台，庭长先生您别不高兴，"德·格拉桑又说道，"这纯属商业上的事，需要一个有经验的商家去办，对附加费、垫款、利息的计算都要内行，不是吗？我有事要去巴黎，也许我可以负责……"

"咱们两……两个人可以……商……量……尽可能做出比较妥当……的安排……使我不……不必贸然去做我……不……不……不愿做的事。"葛朗台结结巴巴地说道，"因为，您知道，庭长先生自然要我负责路费。"

说最后这句话时，老家伙一点也不结巴。

"哟！"德·格拉桑夫人说道，"去巴黎可是种享受，我若能去宁愿自己出钱。"

　　说完，她向丈夫示意，像在鼓励他无论如何把去巴黎这件差事从对手那边抢过来，然后，她又满含讥讽地看着面露沮丧之色的两位克罗旭。葛朗台于是抓着银行家礼服上的一个纽扣，将他拉到一个角落。

　　"我觉得您比庭长更靠得住，"他对银行家说道，"再说，这里面还有蹊跷。"他肉瘤一动，又说道，"我想买公债，有好几千法郎可以买，但只想出八千法郎的价钱。据说每个月的月底，这玩意价钱会落。您对这很内行，不是吗？"

　　"这还用说！那么，我给您买几千法郎公债怎样？"

　　"开始时少买点。别声张！我玩这个不想让人知道。月底您给我买进一部分，但是别告诉克罗旭他们，他们会不高兴的。而且您去巴黎，捎带为我那个可怜的侄儿探探风。"

　　"就这样说定了。明天我就坐驿车上路，"德·格拉桑提高嗓门说道，"我会来听您最后的指示……几点来好呢？"

　　"五点吧，吃晚饭以前。"葡萄园主搓着手回答道。

　　两家客人又坐了一会。德·格拉桑在谈话间拍了拍葛朗台的肩膀，说道："有这样一个好哥哥真不错……"

　　"当然，当然，表面看不出来，"葛朗台回答道，"我其实是个好兄……兄长。我爱我弟弟，这一点我完全可以证明，如果不是要花……"

　　"我们走了，葛朗台，"银行家不等他说完便及时打断了他的话，"我先走了，因为有几件事要安排一下……"

　　"好的，好的。我也是，为了你知道的刚才这件事，我也要回……回到我的合……合议庭去，像克罗旭庭长说的那样。"

　　"真糟糕！我又不是德·蓬风先生了。"法官惨兮兮地想道，脸一下子变得像在庭上被对方辩护词弄烦了似的。

只要能为自己所用，葛朗台也有不吝啬的时候——他从不会吝啬奉承的言语，只要那个人能给他带来金钱上的好处。

背信弃义：不守信用，不讲道义。

节外生枝：比喻在问题之外又岔出了新的问题。

敌对的两家一齐走了。早上葛朗台对当地葡萄园主背信弃义的事，早被丢到脑后，而是彼此试探对方，想知道葛朗台在这件节外生枝的事情上的真实意图，对方又有什么看法，但谁也不谈。

"您和我们一齐到德·奥杜瓦太太家去吗？"德·格拉桑问公证人。

"我们晚点去。"庭长回答，"如果我叔叔同意的话。我答应过德·格里鲍果小姐到她那儿坐坐，所以我们要先上她家。"

"那么再见了，各位。"德·格拉桑夫人说道。当他们离开两位克罗旭走了几步，阿道尔夫便问他父亲："他们很恼火，是吗？"

"闭嘴，孩子，"他母亲忙说，"他们会听见的。而且你说的话品位不高，完全是法科学生的味道。"

"您瞧，叔叔，"法官见德·格拉桑他们已经走远便大声说道，"一开始我是德·蓬风庭长，最后干脆就是克罗旭了。"

"我知道你很不高兴，不过当时风向对德·格拉桑有利。你真是聪明一世，糊涂一时！葛朗台老头说了'咱们再瞧瞧'，那就让他们上这条贼船吧。你要稍安毋躁，到头来欧也妮终归是你的人。"

对欧也妮的争夺战一直进行着，双方斗智斗力，不过此时仿佛胜负已分，老谋深算的公证人信心十足。

不消多久，葛朗台慷慨的决定便同时从三户人家传开，全城都在谈论他的手足之情，大家都原谅了葛朗台违背葡萄园主们之间的誓言，私自出售葡萄这件事，反倒称道他的荣誉感，赞美他的见义勇为，这一点倒真是出乎人们意料的。法国人的性格就是容易为昙花一现的人或者蕞尔小事而激动、生气和陶醉。人民大众难道就那么健忘吗？

葛朗台老头把门关上便喊拿侬。

　　"你别放狗，也别睡觉。咱们得一起干点事。十一点，科努瓦耶要赶着弗鲁瓦丰的那辆马车来。你听着他来，别让他敲门，告诉他进门要轻点声，警察局规定，夜里禁止喧哗。再说我上路没必要让左邻右舍知道。"

　　说完，葛朗台上楼回到他的工作室。拿侬听见他搬动和翻寻东西，走来走去，但很小心，显然不想弄醒他妻子和女儿，尤其不想引起他侄儿的注意。看见侄儿房里还有灯光，他早就嘀咕了。到了半夜，欧也妮放心不下堂弟，又似乎听见一声临死时的呻吟，对她来说，这个快死的人就是夏尔，因为分手时，夏尔的脸色那么苍白，那么绝望，没准已经自杀了。她猛地披起一件带风帽的大氅，想出去。忽见门缝里射进一道强光，她以为失火了。接着又听见拿侬沉重的脚步、她的声音，夹杂着好几匹马的嘶鸣，她这才放了心。

　　"我父亲难道要把我堂弟弄走不成？"她心里想着，轻轻把门推开以免发出声响，开到正好看得见走廊发生的事。

　　突然，她的目光与父亲的不期而遇。父亲的目光虽然并没怀疑有人偷看，欧也妮仍然吓得心里发凉。老家伙和拿侬两个人合作，用右肩扛着一根又短又粗的棍子，棍子上用绳索吊着一个小木桶，就是葛朗台爱在闲时躲在面包房里做的那种木桶。

　　"圣母玛丽亚！老爷，真沉呀……"拿侬低声说道。

　　"可惜只是些大铜钱！"老家伙回答道，　"小心别碰着烛台。"

　　只有放在楼梯栏杆的两根柱间的一支蜡烛照着这个场面。

　　"科努瓦耶，"葛朗台对他这个 inpartibus 的看守人说，"你带手枪了吗？"

　　"没有，老爷。嘻，您那些大铜钱怕什么？……"

　　"噢，不怕。"葛朗台老头说道。

行事如此诡秘，见不得人。

不为人知的秘密。

拿侬只是相比较而言葛朗台唯一信任的人。

金灿灿的"大铜钱"，而且要用手枪看护。

"再说，咱们走得快，"看守人又说道，"您的佃户给您挑选了他们最好的马。"

"好，好。你没告诉他们我上哪儿吧？"

"您上哪儿我根本不知道。"

"好。车子结实吗？"

"老爷，您问这个？嗬，能载重三千斤。您那些破桶能有多重？"

"嗨，"拿侬说道，"我可知道！足有一千八百斤左右……"

连妻子都骗。

"拿侬，少废话！你告诉太太说我到乡下去了。明天回来吃晚饭。走吧，科努瓦耶，九点前得赶到昂热。"

车子走了。拿侬将大门闩上，把狗放出来，她自己肩膀又酸又疼，也去睡了。左近没有一个人知道葛朗台走了，也不知道他此行的目的。老家伙异常谨慎。屋里堆满黄金却没人见到过一个铜子儿。他早上在码头人们闲聊当中获悉，由于南特有大宗船舶装备交易，金价涨了两倍，不少投机者已经来昂热收购黄金。老葡萄园主于是向佃户借了几匹马，打

老吝啬鬼在有利可图的时候从不犹豫、迟缓。

算赶去抛售自己的黄金，然后套购国库券，再利用抛售所得的利润去买公债。

"我父亲走了。"欧也妮在楼梯口听到声响，说道。屋里又趋寂静，马车的隆隆声逐渐远去，终于在沉睡的索漠城中消失了。这时，欧也妮先是心里然后是耳朵听见从堂弟房间，透过墙壁传来了一声呻吟。一道像刀口粗细的亮光自门缝射出，横照在破楼梯的栏杆上。她爬上两级，暗想："他一定很难受。"又一声呻吟使她来到了楼梯顶。她把虚掩着的门推开。只见夏尔正睡着，头垂到旧扶手椅外，手几乎碰到地面，握着的笔也掉了。年轻人的坐姿使他呼吸急促，欧也妮突然害怕起来，赶紧走进房间，看见十来封已经封好的信，心想："他一定累坏了。"然后，她看看信封上的地址，只见写着：

法里·布雷依曼车行；布伊松成衣铺；等等。又想："他大概要把事情都料理妥，好早日离开法国。"她目光落在两封打开的信上。其中一封开头是这样写的："我亲爱的安奈特……"她不由得一阵眩晕，心怦怦直跳，两脚像被钉子钉在地板上。他亲爱的安奈特，他有心上人，而这个人也爱他！再也没有希望了！跟他说什么好呢？这几个想法在她脑子里、心里闪过。她到处都看见这几个字，像火焰一样，连地砖上也有。"就这样放弃他？不，我不能看这封信。我应该走开。可是，看一眼又何妨？"她看了看夏尔，扶起他的头，放在椅背上。夏尔任她摆布，像个小孩子，即使睡熟了也认识自己的母亲，眼也不睁地接受她的呵护和亲吻。欧也妮像母亲般扶起他垂下来的手，像母亲般温存地亲吻他的头发。亲爱的安奈特！一个魔鬼在她耳边大喊这几个字。<u>"我知道这样做可能很不好，但我一定要看看那封信。"</u>欧也妮扭过头，因为受到了良心的责备。生平第一次，善与恶在她心里交锋，直到那时为止，她从未做过使自己脸红的事。可是爱情和好奇占了上风。每看一句，她都心潮汹涌，越看越血脉贲张，初恋时的快乐心情变得更为甜美了。

我亲爱的安奈特，若不是无法逆料的横祸飞来，我们绝不会两地分隔。家父自戕身亡。他和我两人的财产已荡然无存。我举目无亲，而就我所受的教育而论，可以说，我尚在童稚之年，但我必须像成人一样从坠落的深渊中爬起来。我刚盘算了半夜。如果我想清白地离开法国——这一点毫无疑问——我就连一百法郎都剩不下，又怎能去西印度群岛或美洲去碰运气。不错，可怜的安娜，我要到天气最恶劣的地区去寻找财富。据说，这样的地方肯定能很快发财。留在巴黎吗？我做不到。我的灵魂、我的脸面都受不了一个倾家荡产

晴空霹雳，突生变故，注意此段精彩的心理描写。

在爱情与道德感的斗争中，通常是前者占据上风。

夏尔信中所谓的这段爱情，真的配得起"温柔"、"忠贞"的字眼吗？

的人、一个破产者的儿子会遭受到的羞辱、冷淡和蔑视。上帝呀！欠人二百万！……若留在巴黎，第一个星期，我便会在与人决斗中身亡，因此，我绝不会再回去。你最温柔、最忠贞的爱情曾经净化过一个男人的心，但也动摇不了我不回巴黎的决定。唉！亲爱的，我没有钱到你目前所在的地方，给你和从你那里接受一个亲吻，好从中汲取建功立业所需的力量。

"可怜的夏尔，我看你的信倒是做对了！我有金子，可以给他。"欧也妮说道。

她擦了擦眼泪，又继续看下去。

我从来没考虑过贫困会带来的不幸。即使有必不可少的金路易作旅费，做买卖的本钱却一个苏也没有。不，我没有一百个路易，就连一个也没有。还了巴黎的债之后才知道还剩多少钱。如果一文不剩，我就一声不响地去南特，上船做一个普通水手，在那边开始我的事业，像那些有魄力的人一样，他们年纪轻轻，身无分文，却能从印度发财回来。从今天早上，我便冷静地思考过我的前途。未来对我比对其他任何人都可怕，因为我从小就受到母亲的娇生惯养，又有世界上最慈祥的父亲的钟爱，一步入社会便遇到了你安娜的爱！我在生活中看到的只是鲜花：这种幸福不能长久。不过，亲爱的安奈特，我仍然有勇气，虽然我年轻，一直无忧无虑，习惯受到巴黎最迷人女子的宠爱、享尽天伦之乐、在家诸事顺遂、父亲对我也有求必应……啊！爸爸呀，安奈特，他死了……总之，我的处境，还有你的，我都想过了。我在二十四小时里老了许多。亲爱的安奈特，即使为了把我留在巴黎，在你身旁，你牺牲了你全部的奢华享受、你的衣着、你在歌剧院的包厢，我们也弄不到必要的钱来维持我挥霍的生活，

娇生惯养：从小被宠爱放纵。

天伦之乐：泛指家庭关系。天伦：旧指父子、兄弟等亲属关系。

再说，我也不能接受你这样的牺牲。从今天起，咱们就永远分手吧！

"圣母玛丽亚，他要离开她了！啊！我走运了！"

欧也妮高兴得跳了起来。夏尔动了一下，她吓得手脚冰凉。幸亏夏尔并没有醒。她继续看下去：

我何时归来？不知道。印度的气候使欧洲人，尤其是要干活的欧洲人很快变得苍老。咱们从现在往后数十年吧。十年后，你的女儿十八岁，成了你身边的间谍。对你来说，社会将变得很残酷，而你女儿可能更加残酷。社交场上的流言蜚语，少女们的忘恩负义，这样的例子咱们见过不少，一定要从中汲取教训。这四年幸福的时光，愿你像我一样深藏心底。可能的话，别负了你可怜的朋友，但我不能这样强求。因为，你明白吗？亲爱的安奈特，我必须适应我目前的处境，用普通人的眼光看待生活，用最实际的方式去衡量。所以，我应该考虑结婚，那是我开始新生活的一种需要。我向你承认，我在这儿，在我伯父家里发现了一位堂姐，她的仪态、面貌、思想和内心一定会令你喜欢，并且我觉得她……

> 恋爱中的女人通常都会盲目地轻信自己的恋人。

欧也妮看见信里这个句子只写到一半便停了，心想："他一定很累了，所以停住没往下写。"

她还为夏尔辩解！难道这位天真无邪的少女没发现信里的冷漠无情吗？在宗教的气氛中长大、无知而单纯的少女，一旦涉足爱情这个迷人的领域，便觉得一切都是爱情。她们漫步其中，周围笼罩着她们灵魂散发出的天光，反射在她们的情人身上，她们以自己烈火般的感情照耀着情人，认为对方也和自己一样，具有美好的思想。女人犯错误几乎总是因为相信善或者相信真的缘故。"我亲爱的安奈特，我的心上人"这两句话在欧也妮心里回荡,仿佛是爱情最美丽的语言,使她灵魂陶醉,如同儿时听见风琴一再奏出"Venitea-doremus"这几个悦耳的音符一样。而且,夏尔眼里还噙着泪水,充分显示出他心灵的高尚,少女见了自然会动情。她哪能知道,夏尔如此爱父亲,真诚地为父亲伤心落泪,与其说是出自善良的天性,不如说是由于父亲实在太爱他了。在巴黎,大部分做儿女的面对各种享受,欲念油然而生,但苦于父母在堂,脑子里的种种计划只好一再推迟,心中便产生可怕的盘算。纪尧姆·葛朗台夫妇对儿子总是百依百顺,满足他一切声色犬马的要求,所以夏尔才没有这些可怕的盘算。父亲为了儿子不吝钱财,终于在儿子的心里播下了孝顺的种子,且这种孝顺是无私的、真诚的。但夏尔到底是巴黎的孩子,在巴黎的风气和安奈特的调教下,对什么事都要盘算一番,表面是青年,其实已老于世故。他接受了这个社会可怕的教育,在这种社会,一个晚上,在思想和言论之中所犯的罪比重罪法庭所判罚的更多;几句俏皮话便能扼杀最伟大的思想;所谓强者乃是目光准确的人,而目光准确便是什么都不相信,既不信感情,也不信人类,甚至连事实也不相信,因为事实也都是人为的、假的。在这种社会里,要看得准,就必须每天早上掂掂你朋友的钱包,懂得在政治上驾驭所发生的一切,暂时什么也不欣赏,艺术作品、高尚的行动,一概不欣赏,对任何事物都以个人利益为出发点。那位贵族女人,美丽的安奈特,在千种风流之后,便强迫夏尔做一番认真的思考;她一面用香喷喷的纤手轻抚他的头发,一面和他谈到未来的处境,一面给他重做发卷,一面要他为人生做个打算;她把他变成一个女气十足、只讲究物质享受的人。这是一种双重的腐蚀,但手段却高雅脱俗,细腻而饶有品位。

"夏尔，你真幼稚，"她常常对夏尔说，"想教你懂得人情世故真不容易。你对德·吕卜克斯先生的态度很不好。我知道他是个小人，可你也得等到他失势的时候，再称心如意地鄙薄他呀。你知道康庞夫人怎么说的吗？'孩子们，只要一个人还当权，你们就得捧他；一旦此人倒台，就帮着把他扔进垃圾堆。有钱有势时，他是神，一旦潦倒，就连阴沟里的马拉也不如，因为他活着而马拉已经死了。生活是一连串的钩心斗角，必须认真注意，研究其动向，才能永远立于不败之地。'"

夏尔这样一个时髦青年，受到父母太多的宠爱，受到周围人太多的颂扬，不可能有伟大的情感。他母亲在他心中培养的那一点点金子般的天性，在巴黎这个压延机中早就压得薄而又薄，绷在表面，已经磨蚀得差不多了。但夏尔还只有二十一岁。在这样的年纪，生命的朝气似乎与心灵的憨厚还密不可分。声音、眼光和面容都显得与感情和谐一致。所以如果一个人的眼睛还像一泓清水，额上还没有一丝皱纹，那么，即使是最严厉的法官、最不轻信的律师、最不通融的高利贷者，也不会贸然相信此人的心灵已经老于世故和精于盘算。夏尔一直没有机会按巴黎道德的这些箴言去做，直到那天为止，他仍然是美的，因为他还没有这种经历。但身上已不知不觉埋下了自私自利的种子。巴黎人所使用的那种政治经济学已潜移默化，只要他一旦从悠闲自在的旁观者变成现实生活中的演员，便会开花结果。

几乎所有的少女都会被美好的外表所迷惑。即使欧也妮像外省某些姑娘那样谨慎从事和细心观察，当堂弟的言谈举止和行动还与内心的思想一致时，她能否做到有所防范呢？一个偶然的机会，同时也是一个致命的机会，使她看到了夏尔最后一次真情流露，似乎听见了他良心的最后几声叹息。

此时的夏尔毕竟还是有善良、憨厚的天性的。

于是她撇下那封她认为情意绵绵的信，仔细端详熟睡的堂弟，觉得他脸上还洋溢着青春的憧憬。她先是暗暗发誓，要永远爱他。接着，她的目光又落到另外那封信上，而此时心里已不再有多少唐突之感了。她看信的目的，只不过是为堂弟高尚的品格寻找新的证据，而像所有女人一样，只要她选定一个人，就必会想当然地认为此人有高尚的品格。

亲爱的阿尔封斯！当你看到这封信时，我已经没有朋友了。但我要说，尽管我怀疑那些平日友谊不离嘴的上流人，却从未怀疑过你的友谊。因此，我拜托你料理我的事务，指望你能将我的东西卖个好价钱。现在，你大概已经知道我的处境。我已一无所有，想到印度去。我刚刚给所有我认为欠他们债的人写了信，就我记忆所及，把这些人列了个清单，现随信附上。我的藏书、家具、车辆、马匹等，相信足够付清我欠的债。我只想留下那些不值钱的小玩意儿做创业的根基。亲爱的阿尔封斯，我寄给你一张出售这些东西的正式授权书，以备有争议时用。请将我所有的枪支寄给我。至于勃里通，你可留作自用。没人肯出足价钱买这匹骏马的，我宁愿将它送给你，像一个人临死前将平时戴的戒指赠与自己的遗嘱执行人一样。我叫人在法里·布雷依曼车行定造了一辆舒适的旅行马车，但还未交货，请你想办法叫他们将车留下，别要我赔偿。倘他们拒绝，再另行安排，以我目前的处境，请避免使我的信用蒙上污点。我欠那个英国人六路易的赌债，请一定替我还给他……

欧也妮对爱是全力以赴、倾其所有的。

"亲爱的堂弟。"欧也妮说着，放下信，拿起一支点着的蜡烛，小步跑回自己的房间，既激动又欣喜地打开一个旧橡木柜的抽屉。橡木柜是文艺复兴时代的精品，上面依稀还可以看见当日王室的徽号。她从抽屉里拿出一个带金坠的红丝绒大钱袋，袋上的金边已经磨损，是她祖母的遗物。接着，她骄傲地掂了掂分量，美滋滋地将已经忘记了数目的私房钱清点一番。

　　她先将二十个崭新的葡萄牙金币理出来，那是 1725 年约翰五世时代铸造的，实际兑换价值是每枚五葡币，或者像她父亲所说，每枚可兑换一百六十八法郎六十四生丁，但由于稀罕而且光彩夺目，十分好看，公认市价可达一百八十法郎。其次是五枚各值一百法郎的热那亚金币，也是罕见的古钱，每枚可兑换八十七法郎，但金币爱好者可出价一百法郎。是外曾祖德·拉贝特利耶传下来的。还有三枚 1729 年腓力五世铸造的西班牙金币，冉蒂耶夫人给她的时候总说："这只金丝鸟，小黄雀值九十八法郎哩！我的小宝贝，你要好好保存，这是你宝库中的一朵花呀。"还有她父亲最欣赏的一百个荷兰杜加，1756 年铸造，成色二十三开挂零，每枚约值十三法郎。另外还有使人大开眼界的东西！……守财奴视同拱璧的徽章，即三个刻着天平的卢比和五个刻着圣母像的卢比，全都是二十四开纯金铸、蒙古大汗时代的精美钱币，每枚价值三十七法郎四十生丁，喜欢玩赏金币的行家可以出到五十法郎。还有前天才拿到的，她随便放进钱袋的一个价值四十法郎的拿破仑金币。这批宝藏中有的是全新的、从未使用过的金币，是真正的艺术品。<u>葛朗台经常会问到，要她拿出来看看，好把其中的优点一一向女儿细讲一番，诸如周边的做工如何精巧，币面如何光亮，上面的字母如何华丽，连笔画也有棱有角，分毫未损。</u>但她现在根本不考虑这些金币如何稀罕，也不考虑她父亲的癖好，更不考虑失去她父亲心爱的宝贝会带来的危险。不，她只想到她堂弟。她在算错了几次之后，终于弄清楚，目前她实际拥有大约五千八百法郎，按市价可以卖到将近两千埃居。

由此可见葛朗台对金币的热爱程度！

面对这样大一笔财富，她高兴得拍起手来，像一个喜不自胜的孩子，必须手舞足蹈才能发泄一下。就这样，父女二人都清点了各自的财产。父亲是为了拿金子去卖，欧也妮是为了将自己的金币投进感情的汪洋大海。她把金币放回旧钱袋，拿起来，毫不犹豫地上楼。堂弟眼下的困境使她忘记了黑夜和规矩，她的良心、她的执着和她心头的喜悦都使她壮起胆来。当她一手持着蜡烛，另一只手拿着钱袋，踏进门槛的时候，夏尔醒了，看见堂姐，惊讶得说不出话来。欧也妮走上前，将蜡烛放在桌子上，声音激动地说："堂弟，我做了一件很对不起您的事，请您原谅。如果您肯不加追究，上帝也会宽恕我的。"

"到底是什么事呀？"夏尔揉着眼睛，问道。

"这两封信我都看了。"

夏尔的脸倏地红了。

"怎么会这样？"她又说道，"我又为什么上楼来的呢？说真的，现在我一点儿也想不起来了。但我看了这些信倒不感到十分后悔，因为我从信里知道了您的心，您的思想和……"

"和什么？"夏尔问道。

"和您的打算，您急需一笔钱……"

"亲爱的堂姐……"

"嘘，嘘，堂弟，小点儿声，不要吵醒别人。瞧，"她说着打开钱袋，"这里是一个可怜的姑娘的全部积蓄，这姑娘根本用不着。夏尔，请您收下吧。今天早上，我还不知道钱是怎么回事，是您告诉了我。钱不过是种工具，仅此而已。堂弟几乎就是兄弟了，您完全可以借您姐姐的钱去用。"

欧也妮既是女人也是少女，不曾想到他会拒绝，但她堂弟却一声不吭。

"怎么，您不肯收下？"欧也妮问道。在一片寂静中可以听到她的心扑扑直跳。

堂弟的犹豫使她觉得脸上无光，但脑子里突然又想起了他的困境，不禁跪了下来。

"您不拿这些金子我就不站起来，"她说道，"堂弟，行行好，您说呀！……让我知道，您肯不肯赏脸，是否宽容大度，是否……"

听到一颗高贵的心发出如此绝望的呼喊，夏尔的眼泪扑簌簌地落到堂姐的手上，而当时他正拉着堂姐的手，不让她下跪。一接触到这几滴热泪，欧也妮立即抓起钱袋，把钱统统倒在桌子上。

"这样说，您同意了，对吗？"她高兴得流下了眼泪，"堂弟，您什么也不用担心，您一定会发迹的。这些金子准会给你带来好运。将来您还给我好了。再说，咱们可以合伙。总之，您提出什么条件我都答应。但您可别把这笔馈赠看得太重了。"

这时夏尔终于说出了心里的感受。

"是的，欧也妮，如果我再不接受，实在是太小家子气了。不过，礼尚往来，我信任您，您也应该信任我。"

"您想怎样？"她心里一惊，问道。

"堂姐，您听着，我这里有……"他没有说下去，指着衣柜上一个有皮套包着的四方盒，"您看见吗，一件于我比生命更宝贵的东西。这个盒子是家母给我的。今天早上，我一直在想，当初家母因为疼我，在盒子上镶了许多金子，现在，如果她能死而复生，她一定会亲自把这个盒子上的金子卖掉。但现在要我自己拿去卖，那实在是大逆不道。"听到这最后几句话，欧也妮不禁激动地紧紧握住堂弟的手。两个人稍停了片刻，含着眼泪对看了一下，夏尔又说道："不，不，我既不想毁了它，也不敢冒险带着它上路。亲爱的欧也妮，我将它

夏尔是被欧也妮的真诚所打动的,这种品质是他在巴黎所看不到的。

大逆不道:封建统治者对反抗封建统治、背叛封建礼教的人所加的重大的罪名。现泛指叛逆而不合乎正道。

存放在你这里。朋友之间托付的东西没有比这个更神圣的了。您自己看看吧。"他走过去，拿起盒子，卸下封套，把它打开，神色凄然地给堂姐看。盒子的手工异常精巧，其价值远超过黄金本身的重量。"您看见的还不算什么，"说着，他按动弹簧，盒子露出一个夹层，"瞧，我看这才是价值连城呢。"他抽出两幅四周缀满珍珠的肖像，原来是出自德·弥尔贝尔夫人之手的精品。

"噢！好一位美人，不就是您给她写信的那一位……"

"不是，"他微笑着说道，"这位女士是家母，这一位是家父，也就是您的叔父和婶母。欧也妮，我要跪下请求您替我保存这件宝贝。万一我死了，断送了你那一小笔财富，这些金子可以弥补您的损失。那两幅肖像，我只能托付给您，因为您才有资格保存。必要时，您就把它们毁掉，以免落在他人之手……"欧也妮没有吭声。"这样说，您同意了，对吗？"夏尔柔声地又问了一句。

听见夏尔重复刚才自己问他的话，欧也妮第一次情意绵绵地看了堂弟一眼，既深沉又妩媚。夏尔拿起她的手，吻了一下。

"纯洁的天使！咱们之间，钱永远不算什么，对吗？……感情才可贵，从今以后，感情就是一切。"

"您真像您的母亲。她的声音也和您一样温柔吗？"

"噢，温柔多了……"

"对您当然是这样。"欧也妮说着垂下了眼帘，"得了，夏尔，快睡吧，我要您快睡，您累了。明天见。"

她轻轻地把手从堂弟的手里抽回来，夏尔掌灯送她。两人走到门口，夏尔说："唉，我为什么破产呢？"

"没关系！我父亲有钱，我相信。"欧也妮回答道。

"可怜的孩子，"夏尔说着迈进房间，后背往墙上一靠，

虽然如此说，但是感情还是被拿来与金钱做了比较。

"如果他有钱，就不会眼巴巴看着我父亲死，也不会让您生活得这样困苦了，总之，生活就会换一种方式。"

"可是他有弗鲁瓦丰那块地产。"

"那能值多少？"

"我不知道。但他还有诺阿伊哀。"

"一些蹩脚田庄！"

"他还有葡萄园和草场……"

"小意思。"夏尔一脸瞧不起的样子，"您父亲只要每年有两万四千法郎的收入，您何至于住这样阴冷寒碜的房间？"他说着左脚又往前迈了一步。为了掩饰自己的想法，他指着那口旧箱子又问道，"我的宝贝难道就放在这里？"

"去睡吧。"欧也妮不让他走进自己凌乱的房间，说道。

夏尔于是告辞。两人彼此笑了笑，互道了一声晚安。

两人做着同样的梦睡了。夏尔从此在丧父的悲苦中添加了几朵玫瑰。第二天早上，葛朗台太太发现早饭前她女儿和夏尔一起散步。年轻人仍然一脸愁苦，正如一个坠入不幸深渊的人，估量到苦海的深度，意识到未来生活的重负那样。

"我父亲吃晚饭的时候才回来。"欧也妮看见母亲脸上不安的神情，便说道。

从欧也妮的举止神态和异常温柔的声音，不难看出她和堂弟已经是灵犀相通。虽然尚未真正感觉到使他们连接在一起的感情的力量，思想上却早已心心相印了。夏尔在大厅里独自伤感，谁也不来打搅他。三个女人都各有自己的事情要做。葛朗台忘了把事情安排好，来了许多人。修房顶的人、管工、瓦匠、挖土工人、木匠、种园子的，还有种庄稼的。这些人有的来谈修理项目，有的来交田租，还有的来收账。因此，葛朗台太太和欧也妮不得不忙这忙那，回答工人和农民没完没了的问题。拿侬则在厨房里收他们送来的东西。她

夏尔还是一个以外表衡量一切的年轻人，拥有这个年龄的人的"自以为是"是通病。

总是要等主人发话才知道什么该留下来做家用，什么该拿到市上去卖。老家伙和乡下一般土财主一样，习惯于把劣质葡萄酒和烂了的水果留给自己吃。下午五点左右，葛朗台从昂热回来，他拿金子换了一万四千法郎，兜里装着王家债券。待到卖掉它买公债时，还有利息可拿。他把科努瓦耶留在昂热照料累垮了的马，等它们休息好了再慢慢带回来。

劣质葡萄酒、烂了的水果、累垮了的马……一样样见证着葛朗台的吝啬。

"我从昂热回来了，老伴，"他说道，"我饿了。"

拿侬从厨房里大声问他："您是不是打昨天起什么也没吃过呀？"

"是的。"老家伙回答道。

拿侬端来了汤。一家子正吃饭的时候，德·格拉桑来听取客户的指示。老头子看也没看他的侄儿。

"葛朗台，你先吃饭，"银行家说道，"完了咱们再谈。你知道昂热的金价吗？有人专程从南特赶去收购哩。我也打算拿点去抛售。"

"别去了，"老家伙回答，"那边已经够多的了。咱们是好朋友，不想让你白跑。"

"可是那边金价是十三法郎五十生丁呢。"

"应该说是曾经是这个价钱。"

"出什么鬼了？"

"昨夜我去了一趟昂热。"葛朗台低声告诉他。

银行家惊讶得浑身一颤。接着，两个人咬了半天耳朵，谈话中，两人偷偷看了看夏尔好几次。大概当老箍桶匠叫银行家给他买十万法郎公债的时候，德·格拉桑又是一惊。

"葛朗台先生，"他对夏尔说，"我要到巴黎去，如果您有事要我办……"

"没有什么事，先生。谢谢您。"夏尔回答。

"侄儿，你应该多多地感谢他。他此去是为了处理纪尧姆

·葛朗台商号的事。"

"难道还有什么希望吗?"夏尔问道。

"唉,"箍桶匠装出自豪的样子,"你不是我侄儿吗?你的名誉就是咱们的名誉。咱们不是都姓葛朗台吗?"

夏尔站起来,拉着葛朗台老头,拥抱他,然后脸色苍白地走了出去。欧也妮钦佩地看着她父亲。

"好了,再见吧,好心的德·格拉桑,一切都拜托了,替我好好安抚那些人!"两个老奸巨猾的人彼此握了握手。老箍桶匠把银行家一直送到门口。将门关好以后,他走回来,一屁股坐在扶手椅上对拿侬说:"给我点果子酒好吗?"但他过于激动,根本就坐不住,于是又站起身,看了看德·拉贝特利耶先生的肖像,踏着拿侬所谓的舞步,唱了起来:

在法国的禁卫军里,

我有一个好父亲。

拿侬、葛朗台太太和欧也妮一言不发,面面相觑。老家伙一高兴,尤其是得意忘形的时候,她们总是提心吊胆。晚上的聚会很快便结束了。首先,葛朗台老头想早点睡,其次,他一睡,全家都得睡,就如同奥古斯特一喝酒,整个波兰都醉倒一样。再说,拿侬、夏尔和欧也妮也累了。至于葛朗台太太,她的起居饮食一向是依着丈夫的。但在饭后消食的两小时中,箍桶匠比以往任何时候都诙谐,发表了不少奇谈怪论,只消举出其中一例,便可见其思想之一斑。他喝完果子酒之后,看着杯子说:

"酒刚沾唇,杯便已经空了!世事就是如此。有了现在便不能又想留着过去。又要花钱,又想把钱留在兜里,是不可能的,否则生活可就太美了。"

他心情快乐,度量也大了。拿侬把纺车搬来的时候,他

道貌岸然的伪君子形象。

得意忘形:形容浅薄的人稍稍得志,就高兴得控制不住自己。

奇谈怪论:荒唐不近情理的言论。

对拿侬说："你大概也累了，别干活了。"

"那，好吧！……可是不干活我闷得慌。"女佣人回答道。

"可怜的拿侬！你想喝点果子酒吗？"

"噢！喝果子酒，我不反对。太太做的比药剂师强多了。他们卖的简直是药酒。"

"他们放糖太多，什么酒味也没有了。"老家伙说道。

第二天八点，全家人坐在一起吃早饭时，第一次出现了真正亲密融洽的场面。苦难很快便把葛朗台太太、欧也妮和夏尔联系在一起。拿侬不知不觉地也倾向他们。四个人像一家似的。至于老葡萄园主，他吝啬的心理已得到满足，而且心里也有底了，知道那个花花公子不久便会离开，除了去南特的路费之外，不用再为他花什么钱，因此他在家也就无所谓了。他管夏尔和欧也妮都叫孩子。他让他们在葛朗台太太监管下爱干什么就干什么，宗教和道德操守方面，他对妻子是完全信任的。草地和路旁的水沟要整理，卢瓦尔河边要种白杨，庄园和弗鲁瓦丰冬天的活要安排，种种事情使他无法分身。于是，欧也妮爱情的春天开始了。自从那天夜里她把自己的财宝送给堂弟之后，她的心也随之交给了堂弟。这一秘密只有他们两人知道，只要彼此看一眼，一切便不点自明，感情越来越深，思想也渐趋一致，更加亲密，仿佛置身在另外一个世界。既然是亲戚，说话的声音亲切一些，眼光温柔一些，不都是允许的吗？因此，欧也妮一心想用初恋时儿童般的快乐抹平堂弟身受的痛苦。

爱情的开始和生命的开始之间难道不是有动人的相似之处吗？我们不是用甜蜜的歌声和温存的目光去哄孩子吗？我们不是用神奇的故事给他描绘金灿灿的未来吗？希望之神不是向他不断地展开霞光万道的翅膀吗？难道他不是时而高兴得流下眼泪，时而痛苦得哭号起来吗？难道他不是为了一点

[旁注]

说明他们之间的关系开始缓和。

爱情的定义。

排比加反问的句式，增强了语言的气势，读来朗朗上口。

点小事，诸如为了堆活动宫殿的石子，或者为了摘下便忘掉的鲜花而闹个不停吗？难道他不是急于抓住时间，希望在生活的道路上快走几步吗？爱情是我们转化的第二个阶段。在欧也妮和夏尔之间，童年和爱情是一回事。初恋以及随之而来的幼稚行为，由于总裹着一层幽怨的气氛，使他们内心感到更有韵味。

　　这种爱情一出现便要在丧服的黑纱下挣扎，反而和这所破旧的房子里外省所特有的淳朴气息更加协调，夏尔在寂静的院子里靠着井边和堂姐说上几句，坐在小园里长满青苔的长凳上直到夕阳西下，心里嘀咕着一些无关紧要的小事，或者在城墙和屋子间潜思默想，像坐在教堂的拱廊下一样。他开始明白，爱情是多么神圣，因为他那位高贵的情人，亲爱的安奈特只使他领略到暴风雨般的骚动。此时此刻，他已远离巴黎那种卖弄风情的、虚荣而喧闹的情欲，体验到真诚而纯洁的感情。他喜欢这所房子，再也不觉得这里的风习有多么可笑了。

　　他一清早就下楼，好在葛朗台来分配每天的食物之前和欧也妮聊上一会儿。等楼梯上响起老家伙的脚步声时，他便溜到花园里去。早晨这种连葛朗台太太都不知道，拿侬也装作没看见的约会，使他们多少有一点犯罪感，但却使他们最纯洁的爱情带来了强烈的、偷尝禁果般的欢乐。等吃完早饭，葛朗台老头去巡视他的产业和种植园的时候，夏尔坐在欧也妮母女之间，帮她们挽线，看她们做活，听她们闲谈，感受到一种从未有过的乐趣。这种简朴得几乎像修道院般的生活，使他看到她们的心灵有多么美好，她们不知繁华世界为何物，又使他感动万分。他原以为法国根本不可能有这种民风，认为只有德国才会有，而且神话一般只存于奥古斯特·拉封丹的小说之中。他很快便觉得欧也妮简直是歌德作品中理想

夏尔与欧也妮
之间是一段真
正的爱情。

的玛格丽特，而且没有犯玛格丽特的错误。

日复一日，他的目光和他的话语使可怜的姑娘飘飘然沉醉于爱河之中，紧抓住幸福的感受，仿佛一个游泳的人想抓住漂来的柳枝好上岸休息一样。韶光如水，即将分手的离情别绪不已经给最欢乐的时刻蒙上一层阴影了吗？每天总有点事提醒他们不日将分离。就这样，德·格拉桑走后三天，夏尔被葛朗台带到初级法庭，气氛庄严肃穆，外省人办这样的文书大抵如此。他要夏尔签字放弃对父亲财产的继承权。这简直是不承认父亲，背叛家门的可怕行为！他还要到克罗旭公证人那里办两纸授权书，一张给德·格拉桑，另一张给替他出售家具什物的朋友。接着还要办各种必需的手续申请出国护照。最后，巴黎送来了定做的简单孝服，夏尔把索漠的一个裁缝叫来，把已经没用的衣服卖给他。这种做法使葛朗台老头十分高兴。

"唔，这样才像个打算漂洋过海去闯天下的人，"葛朗台看见他穿着一件粗呢做的黑礼服便高兴地对他说，"好，好极了！"

"先生，请您相信，"夏尔回答道，"我知道以我现在的处境该怎么做人。"

老家伙看见夏尔捧出一把金子给他，不禁眼睛一亮，问道："这是什么？"

"先生，我把我的纽扣、我的指环，以及一切多余而可能还有点价值的东西都凑在一起了。可是我在索漠没有熟人，今早我想请您……"

"买下你这些东西？"葛朗台问他道。

"不，伯父，想请您给我介绍一个诚实的人……"

"侄儿，把这些东西交给我，我到上面给你估个价，然后回来告诉你值多少，误差超不过一生丁。这是饰金，"他仔细

比喻句，贴切形象。

肃穆（mù）：严肃而恭敬。

见到金子就两眼放光，贪欲已经暴露无遗，还明知故问。

察看一根长长的金链，说道，"十八到十九开。"

老家伙伸出大手接过那堆金子走了。

"堂姐，"夏尔说道，"请允许我把这两颗扣子送给您，您可以系根丝带，戴在手腕上。这样的手镯如今很时髦。"

"堂弟，这样我就不客气了。"她说着心照不宣地瞟了他一眼。

"伯母，这是我母亲的顶针，我一直珍藏在我旅行的梳妆盒里。"夏尔说着送给葛朗台太太一个美丽的金顶针，那是她十年来梦寐以求的。

"侄儿，真不知道怎样感谢你才好。"老妈妈说这句话时眼里满含着泪水。"我早晚祈祷时一定会恳切地为你祝祷，祝愿出门人一路平安。将来我不在了，欧也妮会为你把它保存好的。"

"侄儿，这些东西值九百八十九法郎七十五生丁。"葛朗台推门进来，说道，"不过，为了避免你亲自拿去卖，我给你现款好了……利勿尔按十足算。"

在卢瓦尔河一带，利勿尔按十足算意味着六利勿尔一枚的埃居算是六法郎，不打折扣。

"我刚才不敢请您买，"夏尔回答道，"但在您住的城市去兜售自己的首饰，我觉得实在难堪。拿破仑曾经说过，家丑不外扬。您能代劳，我非常感谢。"葛朗台抓抓耳朵，一时谁也没有说话。夏尔不安地看着他，仿佛怕他生气，于是又接着说道，"亲爱的伯父，我堂姐和伯母都赏脸收下我一件小礼品做纪念，请您也接受我这几颗袖扣吧，我已经用不着了，不过却能够使您记起一个可怜的孩子，他虽然远在天涯，但总惦记着你们，因为从今以后，你们就是他仅有的亲人了。"

"孩子！我的孩子！可不能把什么都送光呀……老婆子，

一眼就能估量价值，这是葛朗台的看家本事。

梦寐（mèi）以求：做梦的时候都在追求。形容迫切地期望着。寐：睡着。

虽然……但是……：表示转折的关联词，强调但是后面的部分。

你得到了什么?"他说着转过身来,贪婪地看着他妻子。"噢,一个金顶针。还有你呢,宝贝女儿,嘀,钻石扣子。好吧,我的孩子,我接受你的袖扣。"他边说边紧握夏尔的手,"<u>不过……你一定要答应……让我给你付……你的,对……你去西印度群岛的路费。是的,我要给你出路费。</u>特别是,孩子,在估量你首饰的价值时,我只算了金子,手工也许还能值几个钱。就这样说定了。我给你一千五百法郎……按利勿尔算。这笔钱我会向克罗旭借,因为我身边一个子儿都没有,除非佩罗泰把欠下的租子交来。唔,唔,我这就找他去。"

他拿起帽子,戴上手套,匆匆走了。

"这么说,您要走了。"欧也妮说着既伤心又钦佩地看了他一眼。

"我必须走。"夏尔说着低下了头。

几天以来,夏尔的举止、仪态和话语都显得十分悲伤,但因同时感到自己责任重大,便从忧患中汲取了新的勇气。他不再长吁短叹,他已经变成大人了。因此,欧也妮见夏尔下楼时,身上穿着黑色粗呢外衣,与苍白的脸色和忧郁的神态十分相称,便觉得比以往更加了解他的性格了。这一天,两个女人也穿起丧服,和夏尔一道到教区的教堂去参加为已故纪尧姆·葛朗台举行的追思弥撒。

吃午饭时,夏尔收到从巴黎寄来的几封信,一口气看完了。

"我说,堂弟,事情办得满意吗?"欧也妮低声问道。

"女儿,千万别问这样的问题,"葛朗台连忙说道,"见鬼,我的事都不告诉你,你干嘛要管你堂弟的事?你就别烦他了。"

"噢,我没有什么不可告人的事。"夏尔说道。

"得,得,得,我的侄儿,将来你会知道的,做买卖可不

葛朗台的"慷慨"一向是相对而言的,决不做吃亏的买卖。

长吁短叹:因伤感、烦闷、痛苦等不住地唉声叹气。

能随便说话。"

当这对小情人单独来到花园的时候，夏尔拉着欧也妮到那棵核桃树下的旧长凳上坐下，对她说："阿尔封斯我算没看错，他干得很出色，把我的事处理得很周到很诚实。现在我在巴黎的债务已全部还清，所有家具也都卖了好价。他还告诉我，按照一个走远洋的船主出的主意，他把余下的三千法郎，买了一批欧洲的稀罕玩意儿，到西印度群岛可以赚一笔大钱。他将我的包裹零碎都寄往南特，那里正有一艘船装货，要开往爪哇。欧也妮，五天以后，咱们就要分手了，也许再也见不着，至少也要很久才能再见。我那批货和两个朋友寄给我的一万法郎就是做买卖的小本钱。没有好几年别想回来。亲爱的堂姐，别把你的生活和我的扯在一起，我会死的，而你则可能找到一个有钱人家……"

"你爱我吗？……"她问道。

"噢，当然，很爱。"夏尔语重心长地回答。

"那我一定等你，夏尔。天哪，我爸爸在窗口哩。"说着她将凑过来想吻她的夏尔推开。

她逃进门洞里，夏尔跟着也进来。她一见便躲到楼梯脚下，推开那扇小门，不知不觉走到过道最暗的地方，拿侬的住处。到了这里，一直在她身边的夏尔拿起她的手，放在自己心口，搂着她的腰，轻轻将她拥在怀里。欧也妮不再婉拒。她接受并给予了最纯真、最甜蜜、最没有保留的一吻。

"亲爱的欧也妮，堂兄弟比亲手足好，他能够娶你。"夏尔对她说。

"就这么定了！"拿侬说着推开房门进来。

两个情人吃了一惊，赶紧溜到客厅，欧也妮拿起自己的针线活，夏尔捧着葛朗台太太的祈祷书念圣母经。

"哟！"拿侬说道，"咱们原来都在祈祷哩。"

爱情的誓言总是说过便罢，何必放在心上？正是这句誓言给了欧也妮无限的希望，也让她开始了无尽的等待。

婉（wǎn）拒：以委婉的方式拒绝。

　　夏尔一宣布动身的日期，葛朗台便忙活开了，想让人相信他挺关心他侄儿。一切不用花钱的事他都很大方。他给夏尔找了一个包装工人，但又说此人的箱子要价太高。于是自告奋勇，定要利用家里的旧木板自己做。他一清早便起身，将他的板条刨平、校准、钉好，做成几个结实的木箱，把夏尔的一应什物都装了进去，还负责装上卢瓦尔河上的船，保了险，以便及时运往南特。

　　自从过道中的一吻之后，欧也妮觉得时间过得出奇的快。有时她真想跟堂弟一走了事。只有经历过最难舍难分的感情的人，只有爱情经历的时刻因年龄、时间、不治之症和某些命中注定的不幸事件而缩短的人，才能理解欧也妮此时的苦恼。她常常在花园里边走边掉眼泪，如今这花园，还有院子、家里和整个城市对她都太狭窄了：她已先于夏尔在无垠的大海上飞翔。最后终于到了夏尔动身的前夕，趁葛朗台和拿侬不在，装着那两张肖像的宝贝小匣被郑重其事地放进衣柜那个唯一带锁的抽屉里，抽屉里的钱袋现在已经空了。放匣子时又免不了一连串的亲吻，一行行的眼泪。当欧也妮把钥匙藏进胸前时，她已经没有勇气阻止夏尔吻她放钥匙的地方了。

　　"钥匙会永远放在这里，我的朋友。"

　　"那么我的心也会永远在这里。"

　　"唉，夏尔，这样不好。"可她的语气并没有责备的成分。

　　"咱们不是结婚了吗？"夏尔回答道，"你已经答应了我，现在该我表态了。"

　　"永远属于你。"两个人都将这句话说了两遍。

　　地球上没有比这种许诺更纯真的了：欧也妮一片痴情，刹那间使夏尔的爱也变得神圣起来。第二天吃早饭时，气氛凄凉。拿侬尽管接受了夏尔送给她的绣金睡袍和一个用丝带

（旁注）这一段文字描述了欧也妮纯真美好的爱情。

（旁注）一句简单的话语，表达出两个人相爱的程度和长久。

系在脖子上的十字架，但她一向不善于控制感情，此刻已经热泪盈眶。

"先生，可怜的小少爷，要漂洋过海去了。愿上帝指引他。"

十点半，家里人全体上路，送夏尔去乘驶往南特的驿车。拿侬放了狗，关上门，一定要替夏尔提行李包。古老街道两边所有做买卖的都站在自己店铺门前看这一行人走过。到了广场，公证人克罗旭迎了上来。

"欧也妮，回头别哭。"母亲嘱咐她。

到了客店门口，葛朗台吻了吻夏尔的两颊，说道："侄儿呀，你要发了财回来，这样你父亲的脸面就一定能挽回。我，葛朗台，我向你保证，因为，到了那个时候，只要你愿意……"

"啊，伯父，这样，我虽然走，也好受多了。难道这不是你送给我的最好礼物吗？"

夏尔没明白刚才老箍桶匠被他打断的那半句话的意思，不禁将满腔感激的眼泪洒在伯父的脸上。而欧也妮则使劲地握着堂弟和父亲的手。<u>只有公证人面露笑容，暗暗佩服葛朗台脑子灵活，因为只有他才明白老家伙的意思。</u>四个索漠人，周围还有其他几个人，一直站在车子前面，直到车子离开。到驿车从桥上消失，只传来远处的车声时，葛朗台才说了声："一路平安！"只有克罗旭听见了这句话，欧也妮母女已经跑到码头另一个还能看见驿车的地方，挥动着白手帕，夏尔也挥帕致意。

等看不见夏尔的手帕时，欧也妮对母亲说："母亲，我真希望有上帝的法力，哪怕一会儿也好。"

为了不打断葛朗台家里一桩桩事情的进展，有必要将老家伙托格拉桑在巴黎所办的事先讲一讲。银行家走了一个月

只有公证人和葛朗台才是"一丘之貉"。

之后，葛朗台的家产中平添了一笔以八十法郎整数买进的十万法郎公债。直到他死后别人清点他的财产时，也没能弄清这个生性多疑的人是如何把买公债的钱送到巴黎的。克罗旭公证人认为是拿侬不知不觉地成了运款的工具。约摸在那个时候，这个女佣有五天不在家，借口去弗鲁瓦丰收拾东西，好像老家伙真会落下什么东西似的。至于纪尧姆·葛朗台商号的事，果不出老箍桶匠之所料。

人人都知道，法兰西银行对巴黎和各省富商巨子的家底掌握得十分清楚。德·格拉桑和索漠城费利克斯·葛朗台的名字，当然早已记录在案，且颇受尊敬，像对待一切拥有大片地产而没有抵押之累的金融界名人一样。索漠银行家此来据说是负责体面地为巴黎葛朗台商号做清盘工作，这便足以使已故的葛朗台免却被债权人签署拒绝证书的羞辱。财产当着债权人的面启封，当事人的公证人按常规对财产进行清点。不久，德·格拉桑召集债权人，他们一致推举索漠的这位银行家和一家殷实商号的老板，同时也是主要债权人之一的弗朗索瓦·凯勒为清盘人，全权处理清偿债务和挽回葛朗台名誉的事。索漠葛朗台的信誉，加上他格拉桑银号在债权人心中所燃起的希望，使谈判进行得十分顺利。没有一个债权人表示异议。谁也不曾将自己的债权列在盈亏账上仔细算一算，人人心里都想："索漠城的葛朗台一定会偿还债款的！"六个月过去了。巴黎人把市面流通的债券赎回来，在皮包里放好。箍桶匠的第一个目的达到了。第一次集会九个月以后，两位清盘人发放了百分之四十七给每个债权人。这笔钱是老老实实靠变卖已故纪尧姆·葛朗台的有价证券、动产、不动产和其他零星什物得来的。清盘工作办得非常公正诚实。债权人高兴地一致公认葛朗台一家信誉卓著，无懈可击。大大地赞扬了一番之后，债权人要求偿还余下的款项，他们只好集体

当债券或期票到期，债务人不能清偿或兑现时，债权人可以签署拒绝证书，声称一切费用及损失完全由债务人负责。

写了一封信给葛朗台。

"既然到了这个地步，"老箍桶匠边说边把信付之一炬，"我的小乖乖，你们就耐心点吧。"

一切均在老箍桶匠的掌握之中。

对信里所提的建议，葛朗台的回答是要求将用他弟弟的遗产偿还的债券，贴上业已偿付的印花，全部存放在一个公证人那里，借口是核对账目，精确弄清楚遗产的现状。此举掀起了轩然大波。债权人通常都是脾气古怪的家伙。今天已经准备签订协议了，明天又要烧要杀地全部推翻，稍后又和气得不得了。今天，老婆心情好，最小的儿子长牙了，家里诸事顺遂，他便一个钱也不饶你；第二天，天下雨了，不能出门，心里不痛快，只要事情能了结，他什么条件都接受；第三天，他要求担保，到了月底，他直想把你杀了，这刽子手。债权人就像一只家雀，大人哄小孩子，叫他们想办法在家雀尾巴上放一粒盐便可将它抓住，债权人不把自己的债权当家雀，结果什么也抓不着。葛朗台观察过债权人的各种情绪变化，他弟弟的债权人完全不出他之所料。有的人生气了，断然拒绝将债券存放在公证人那里。葛朗台看着德·格拉桑就这件事给他写来的信，搓着手说道："好，好极了。"另外一些人同意存放，但条件是再陈述一下他们的权利，而且任何权利都不放弃，甚至保留要对方宣布破产的权利。两人又通了几次信，索漠的葛朗台同意了一切保留的条件。这么一让步，债权人中的温和派便说服了死硬派。存放债券的问题解决了，当然有些人不无怨言。有人对德·格拉桑说："这老家伙把您和我们都耍了。"

形象的比喻在告诉人们一个道理：该怎么着就得怎么着；否则，吃亏的只能是自己。

纪尧姆·葛朗台死后二十三个月，许多因巴黎的业务忙得不可开交的商人早已忘掉向葛朗台讨还债款这件事，有的即使想起来也自我解嘲地说："我已经认了，最多也就只能拿到百分之四十七。"

箍桶匠早就计算到时间的强大威力，他说，时间这个鬼东西可真不错。到了第三年的年底，德·格拉桑写信告诉葛朗台说，只需付出结欠的两百四十万法郎中的百分之十，便可把债权人手中的债券统统收回。葛朗台回信说，闹了偌大亏空，害死了他兄弟的那个公证人和证券经纪人仍然活着，他们应该良心发现，而且应该起诉他们，从他们那里掏出点东西来，好减少一些我方的亏损。

到了第四年年底，欠款总数正式落实为一百二十万法郎。清盘人和债权人、葛朗台和清盘人之间又谈判了足足六个月。总之，葛朗台被逼急了，于当年第九个月回复两位清盘人说，他侄儿在西印度群岛发了财，曾经向他表示，要将父亲欠下的债全部还清，他不能不和侄儿商量便背着侄儿结清债款，他要等回音。

大概到了第五年年中，诮计多端的箍桶匠仍然不时抛出全部偿还这个字眼来搪塞那些债权人。箍桶匠每说到这个词必然露出狡猾的微笑，写上一句："这些巴黎人！"但后来那些债权人的命运却是商业年鉴里闻所未闻的。当这段故事的发展使他们重新亮相的时候，他们依然处在葛朗台最初给他们安排的地位。

等公债涨到一百一十五法郎，葛朗台老头便抛了出去，从巴黎提回大约二百四十万法郎的金币和证券所获的复利六十万法郎，一起放进密室的木桶里。德·格拉桑仍然留在巴黎。原因如下：首先，他当上了议员；其次，他虽是有家室之人，但对索漠无聊的生活已经厌烦，倒迷上了夫人剧院一个最漂亮的女演员佛洛丽纳。银行家又恢复了往日当兵时的浪荡生活，他的行为不消说在索漠人眼里简直是伤风败俗。他女人幸而和他分了家，居然有本事用自己的名字，继续经营索漠的银号，好将德·格拉桑败掉的家产赚回来。克罗旭家的几个家伙落井下石，使这个活寡妇处境越加困难，女儿也没嫁好，儿子和欧也妮·葛朗台联姻一事也化为泡影。阿道尔夫到巴黎找德·格拉桑，据说后来成了个坏蛋。克罗旭家族胜利了。

葛朗台用抵押的方式借了一笔钱给德·格拉桑太太，并对她说："您丈夫真不明事理。我替您不平，您是个好女人。"

"唉，先生，"可怜的女人回答，"谁想得到，自打从您府上动身去巴黎，他就走邪路了呢。"

"太太，上天可以作证，直到最后我都想尽一切办法不让他去。当时庭长先生极力想替代他。而他为什么非要去不可，现在咱们都清楚了。"

这样，葛朗台就不欠德·格拉桑什么情了。

落井下石：比喻乘人危机的时候加以陷害。

情境赏析

这一部分情节的展开，就像文章的题目一样是依照两条线索进行的，一条是葛朗台在他生平第三次请客中的精彩表演，通过装疯卖傻来诱骗克罗旭和格拉桑家中的一家志愿并且是免费去巴黎处理夏尔父亲的债务问题；另一条线索是欧也妮和夏尔的爱情发展。欧也妮在偶然中看到了夏尔写给旧情人的信，正是这封未完成的信更使她坚定了对夏尔的爱情，并把自己的全部积蓄给了他。而夏尔也为欧也妮的真挚情意所感动，两人真正的爱情开始，并在夏尔离开之前达到高潮，互相许诺，定下海誓山盟。

这段的细节描写运用得很成功：葛朗台难得的请客还是让妻子花钱；在与德·蓬风谈话开始时，为了引他入套还称他为德·蓬风先生，让其受宠若惊，以为要做葛朗台的女婿了，但到了后来，因为他不肯帮葛朗台免费做事，称呼就又变为了克罗旭庭长；明明是葛朗台欺骗德·格拉桑去巴黎帮他办事，到了后来却又不承认，厚颜无耻地对德·格拉桑太太撒谎，充分体现了他作为奸商的狡诈。

文章对葛朗台的刻画是通过几个场景的描写来进行的，如葛朗台与德·蓬风庭长和德·格拉桑间的精彩对话，葛朗台夜晚偷运黄金去抛售和见到夏尔的金首饰时的表情等，把葛朗台的虚伪、狡诈、贪婪暴露无遗。

名家点评

在最伟大的人物中间，巴尔扎克是第一等的一个；在最优秀的人物中间，巴尔扎克是最高的一个。他的一生是短促的，然而也是饱满的；作品比岁月还多。从今以后，他和祖国的星星在一起，熠熠于我们上空的云层之上。

——［法］雨果

　　一生受金钱的困扰和折磨，一生为金钱拼搏与奋斗，一生因金钱而欣喜与愤恨的巴尔扎克，深深地懂得金钱在资本主义世界的位置。无形而又有价的金钱像一轮太阳，在资本主义世界的上空闪烁着万丈光芒，人们无不对此顶礼膜拜，中心摇摇。所以在《欧也妮·葛朗台》的舞台上，"金钱"才是地地道道的主人公，它用魔鬼般的魅力，牵动着每个人的神经，调动着每个角色的行动，透视着每个人物的心态，葛朗台不过是受其迷惑最深的那一个，只可惜因为他的心甘情愿，也就病入膏肓，无药可救了！

在任何情况下，女人的痛苦总比男人多，程度也更深。男人有力量，而且有施展的地方：他行动、奔走、忙碌、思考，拥抱未来并从中找到安慰。夏尔就是这样。但女人不活动，面对忧愁而无法自拔，直落入愁苦所开掘的深渊，亲自测量其深度，用愿望和泪水去填充。欧也妮就是这样。她开始接触命运。感受、爱、受苦、奉献，这一切永远是女人生活的内容。欧也妮拥有女人这一切，但没有可资安慰的东西。她的幸福，根据博叙埃绝妙的说法，就像钉子，虽然钉满一墙，有朝一日拔下来也填不满她的手心。忧愁绝不会让人久等，对她来说，更是来得很快。夏尔走后的第二天，葛朗台的屋子在众人眼里又恢复了旧观，但欧也妮则觉得屋子一下子空了。她背着父亲，要让夏尔的房间保留他走时的原样。葛朗台太太和拿侬也乐于帮助她statuquo。

　　"谁知道他会不会提早回来呀。"欧也妮说道。

　　"唉，我真愿意看见他在这里。"拿侬回应道，"我已经习惯了伺候他。他为人多好，简直没处找，人又漂亮，头发带

这是有史以来对"幸福"做的最冷酷的比喻，而欧也妮就是"有幸"拥有它。

拉丁文：维持原状。

卷，像个大姑娘。"欧也妮目不转睛地看着拿侬。"圣母玛丽亚，小姐，您这副眼神要罚入地狱的！别这样看人呀。"

从这天起，葛朗台小姐的美丽又有了新的内涵。对爱情深沉的思考逐渐滋润着她的内心，加上女子有了心上人时那种矜持，使她眉宇间笼罩着画家以光环来表现的那种光辉。在堂弟到来以前，欧也妮可以比作是未怀胎的童贞女，堂弟走了以后，她便俨然是怀胎的圣母了：她的胎儿就是爱情。两个截然不同的马利亚，在某些西班牙画家笔下表现得那么栩栩如生，成为基督教文化中最为丰富而光辉的形象。夏尔走后第二天，她去望弥撒，暗暗许愿每天必去。回来路上，她在一家书店买了一幅世界地图，到家后钉在镜子旁边，以便跟随堂弟航海去印度，早晚在他的船上，看见他，对他提千百个问题，对他说："你好吗？不难受吧？你曾经教会我欣赏那颗美丽的星辰和它的用途，现在你看到它会想起我吗?"早上，她坐在核桃树下那条虫迹斑驳、长满苍苔的长凳上，神情凝重，若有所思。他们曾经在这里轻声细语，倾诉过多少天真的幻想，为他们未来美满的家寄予了多少虚无缥缈的憧憬啊！她从四面墙围绕下这个狭小的空间仰望天空，遐想未来，接着又把目光投向古老的墙壁和夏尔卧室的屋顶。总之，这种孤独、纯真而永恒的爱，浸透了她的思想，成为生活的主要内容，或如我们祖辈所说，变成了生命的实质和表现。

晚上葛朗台那帮所谓朋友来打牌的时候，她把感情深藏不露，装出高兴的样子，而整整一上午，她跟母亲和拿侬谈的都是夏尔。拿侬知道，她可以对小姐的烦恼表示同情而不会有乖于老东家给她规定的职守。她对欧也妮说："要是我真心爱上一个人，跟他去地狱……我也乐意。我会……那个……总之，我会为他去死。可是……遇不上呀。我到死也

触景生情，原有的景物使欧也妮回想着那些美好的记忆。可惜，恐怕是要物是人非了。

不会知道生活是怎么回事的了。小姐，您相信吗，那个科努瓦耶老头，人倒是不错，老在我跟前转，他是看上我的棺材本了，就像那些来嗅老爷的钱财的人，拼命地巴结您。我明白，尽管我胖得像座塔，我还不傻，可是，虽然这并不是爱情，小姐，但我也觉得高兴。"

这样过了两个月。从前十分单调的家庭生活现在倒有了几分生气，由于都对欧也妮的内心秘密极为关心，三个女人关系更亲密了。她们似乎觉得夏尔依然在大厅灰暗的天花板下生活着，走来走去。欧也妮早晚都打开首饰匣，细看婶母的肖像。一个星期天的早晨，她正全神贯注地想从肖像脸上的线条揣摩出夏尔的面容时，被母亲撞见了，<u>葛朗台太太这才知道了夏尔和欧也妮交换宝物这可怕的秘密。</u>

"你什么都给他了。"大惊失色的母亲说道，"到了元旦你父亲要看你的金币时，你怎样向父亲交代？"

欧也妮一听顿时傻了眼，早上后半段时间，两个女人都吓得半死，慌乱间竟错过了大弥撒，只好去望简化弥撒。

1819 年还有三天便过完了。三天之后便要演出可怕的一幕，<u>那将是一场没有毒药、没有尖刀，也没有流血的平凡悲剧，</u>可是对剧中人来说，却比阿特里得斯家族所发生一切惨剧更为残酷。

"咱们怎么办呀？"葛朗台太太把正织着的毛活放在膝上，对女儿说道。

可怜的母亲两个月来头昏脑涨，竟连她过冬要穿的毛线套袖也没织完。这件琐事表面看来无关宏旨，对于她却后果非常严重。后来丈夫大发雷霆时，她出了一身冷汗。由于没有套袖，她竟患了重感冒。

"可怜的孩子，我想，如果你早将这个秘密告诉我，咱们也许来得及写信到巴黎给德·格拉桑先生，他或许能给咱们

笔锋一转，危机来临了。

《欧也妮·葛朗台》就是一部演绎得最精彩的"一切没有毒药、没有尖刀，也没有流血的平凡悲剧"。

无关宏旨：不涉及主旨，指意义不大或关系不大。

寄几枚类似的金币，尽管你父亲眼尖，也许……"

"可是咱们从哪里能弄到这么多钱呢？"

"我会把我的财产押出去。再说，德·格拉桑先生会……"

"来不及了。"欧也妮有气无力地打断她母亲的话，"明天早上，咱们不就要到他房间里给他拜年了吗？"

"可是女儿，为什么我不可以找克罗旭他们想办法呢？"

"不，不，这等于投靠他们，咱们今后便要受他们摆布了。再说，我已经横了心。我没做错事，没什么可后悔的。上帝会保佑我。咱们听天由命吧。唉！如果您看过他的信，母亲，您也会一心只想着他的。"

第二天早上是 1820 年的元旦，母女二人心里害怕，想出了个最自然不过的借口，好避免郑重其事地到葛朗台的房间里拜年。1819 年的冬季是那个时代最寒冷的冬季之一。屋顶都堆满了雪。

> 这句突然插入的环境描写自然写出了深意，体会一下。

葛朗台太太一听见丈夫的房间有动静，便对丈夫说："葛朗台，叫拿侬在我屋里生点火吧。天冷得很，我在被窝里都冻僵了。我到了这把年纪，也该保重保重了。另外，"她稍微顿了一下，又说道，"欧也妮回头到我这里穿衣服。这样的天气，孩子在自己屋里梳洗会生病的。完了之后，我们到暖呼呼的正厅里给你拜年。"

"得、得、得，真啰唆！你就这样开年图吉利吗？你可从来没这样唠叨过。我想，你总不成吃了浸葡萄酒的面包吧？"谁也没有吭声。"好吧，"老家伙大概被妻子的建议打动了，说道，"就按你的意思办吧，葛朗台太太。你是位贤妻，我不想让你到了这把年纪有什么三长两短，尽管一般来说，拉贝特利耶家的人都是铁打的身板。喂，不是吗？"他停了一会儿又大嚷道，"不过，咱们继承了他们的遗产，我就不和他们计较了。"说到这里，他咳嗽了一声。

> 透露出老家伙对葛朗台太太的关心与体贴。

"先生，今早您挺快活。"可怜的妻子一本正经地说道。

"我，我总是快活的。"

箍桶匠，兴冲冲

快补你的酿酒桶！

他边唱边衣着整齐地走进他妻子的卧室。"是呀，好家伙，真是够冷的。老伴，今天午饭有好吃的。德·格拉桑托人给我捎来了蘑菇鹅肝酱！我这就到驿站去取。"箍桶匠又趋前凑到她耳边说道："他一定还给欧也妮带来了两块拿破仑金币。我已经没有金子了，老伴。我可以跟你说，我本来还有几块旧金币，但为了做买卖，只好放弃了。"说着，为了庆祝元旦，他吻了吻妻子的额头。

"欧也妮，"善良的母亲大叫道，"我不知道你父亲昨夜靠哪边睡的觉，今早脾气可好了。得！咱们有救了。"

"咱们的老爷怎么了？"拿侬边走进女主人房间生火边问道，"他先是对我说：'早安，新年好，胖子！到我老伴房里把火生起来，她觉得冷。'当我看见他伸出手来，给我一块几乎没磨损过的六法郎银币时，我都傻了！瞧，太太，您看呀！啊！多好的人，多有气派。<u>有的人越老心肠越硬，可他温和得就像您的果子酒，越陈越香。</u>真是个十足的、十全十美的好人……"

葛朗台这种高兴劲，原因全在于他在投机买卖上大获全胜。德·格拉桑先生扣除了箍桶匠的十五万法郎荷兰证券的贴现折扣，以及为他买进十万法郎公债时给他垫付的尾数之后，通过驿车给他送来了本季度利息的余额，价值三万法郎的金币，同时报告他公债见涨的消息。行情已涨到八十九法郎，到了一月底，那些最有名的资本家还以九十二法郎买进。葛朗台两个月的投资赚了百分之十二。他核对过账目，今后每六个月可以拿五万法郎，无须付税及其他费用。外省人对购买公债一向深恶痛绝，而他却终于明白了买公债的好处，知道不出五年，无须多费心血，便能将资本扩大到六百万，加上房地产，财富一定十分可观。给拿侬的六个法郎也许就是因这个女佣不知不觉帮了他的大忙而给予的赏赐吧。

"噢，噢，葛朗台老头上哪儿去呀？大清早就跑，像去救火似的。"做买卖的一面忙着开铺一面心里想。后来，看见他从码头回来，身后跟着驿站的一个脚伕，推着一辆手推车，车上的口袋都是满满的。

一个人说："水流千里归大海，老家伙去奔钱哩。"

另一个人说："巴黎、弗鲁瓦丰、荷兰都往这儿给他送钱哩！"

第三个惊呼："索漠城最终非被他买下来不可。"

一个女人对她丈夫说："他不怕冷，总在忙他的事。"

他的近邻、一个卖布的商人对他说："喂！喂！葛朗台先生，您嫌这些东西累赘，我来替您处理好了。"

"是呀，都是些大铜钱。"葛朗台回答道。

"是银子呢。"脚伕低声咕噜了一句。

"要我关照你就闭上你的嘴。"老家伙一面开门一面对脚伕说道。

"嘀，这老狐狸，我还当他耳聋哩！"脚伕心想，"看来天冷他倒听得见。"

"这二十个苏是给你的赏钱，少废话！滚吧！"葛朗台对他说，"回头拿侬会将手推车还你。拿侬，娘儿们是不是望弥撒去了？"

"是的，老爷。"

"那么，快伸手！干活。"他边说边把口袋递给拿侬。不一会，钱便运进了他的房间。他进去把门关上。"早饭做好时，敲墙叫我。现在把手推车送回驿站。"

一家人到了十点才吃早饭。

"现在，你父亲不会问你要金子看了。"葛朗台太太望弥撒回来在路上对女儿说，"另外，你就装怕冷。这样咱们便有时间在你生日的那天把宝贝补上了……"

葛朗台边下楼梯边想着尽快将巴黎的钱变成金子，又想到国家公债的投机居然获得如此意想不到的辉煌成就，于是决定将所有收入都投进去，直到行情上涨到一百法郎。他这样一盘算，欧也妮就遭了殃。他一进门，两个女人便祝他新年好，女儿搂着他的脖子撒娇，葛朗台太太则又庄严又稳重。

"啊，啊，孩子，"葛朗台边说边吻女儿的双颊，"瞧见了吗？我是在为你奔忙哪……我希望你幸福。要幸福就得有钱，没有钱，就什么都完了。喏，这是一块崭新的拿破仑金币，是从巴黎弄来的。哎呀呀，家里连点金屑子都没有了，只有你有。乖乖，拿你的金子给我看看。"

"哎！天太冷了，咱们吃早饭吧。"欧也妮回答道。

"行，吃完饭再看，怎样？这样可以助消化。德·格拉桑这胖子居然给咱们送这个来。"他又说道，"喂，吃呀，孩子们，又不花咱们的钱。德·格拉桑事情办得不错，我对他很满意。这家伙帮夏尔的忙，还不收费。他把我已故兄弟的事料理得很好。嗯！嗯！"他停了一会，含着满嘴的食物说道，"这很好吃！老伴，你吃呀。吃这一顿至少能管你饱两天。"

"我不饿。你知道，我是个病秧子。"

"哎！哎！你把肚子填饱也不会撑破肚皮的。你是拉贝特利耶家的人，身体结实着哩。你是一根黄色的小草，可我就喜欢黄色。"

一个等待着被千夫所指、当众处决的死囚，其恐惧的心情恐怕还比不上葛朗台太太和她的女儿等着一家人早饭后要发生的事情时的心情。老葡萄园主越是说得起劲，吃得高兴，

> "我是在为你奔忙哪"这句话算是葛朗台不小心猜到的结局。可是他留给欧也妮的不是幸福，幸福不等于金钱，有时金钱只等于枷锁。

> 语言幽默、诙谐。

母女俩就越揪心。做女儿的此刻还能有点支撑，能从爱情中汲取力量。她心想：

"为了他，为了他，千刀万剐我也甘心。"

想到这里，她看着她母亲，目光闪烁着勇敢的火花。

大约十一点吃完早饭以后，葛朗台对拿侬说："将东西撤走，桌子给我们留下。"接着又看着欧也妮说，"这样咱们欣赏你的小宝贝时会更舒服些。我的天，你的宝贝可不少。你拥有净值五千九百五十九法郎，加上今早的四十法郎，差一个便是六千法郎了。好吧，我再给你一个法郎，凑个整数，因为，乖乖，你明白吗？……喂，你为什么听我们说话？拿侬，走，干你的活去。"老家伙说道。拿侬赶紧走了。"你听着，欧也妮，你一定要把你的金子给我。我的乖女儿，你不会不给你爸爸吧，嗯？"两个女人都没有吭声。"我已经没有金子了，我。以前我有，现在没有了。我会还给你六千法郎，你可以按照我就要告诉你的办法放出去。别老想着你的压箱钱。到我把你嫁出去的时候，呃，这也快了，我会给你找一个丈夫，能给你在外省从未听说过的、最体面的压箱钱。听着，小乖女儿，现在有一个很好的机会：你可以将你那六千法郎投资在政府的公债上，这样，你每六个月便可得到差不多两百法郎的利息，不必上税，免收各种费用，不怕冰雹、霜冻、潮水，一切影响收入的风险都没有。也许你不想离开你的金子，是吗，我的乖女儿？拿给我吧。将来我一定给你大堆大堆的收金币，荷兰的、葡萄牙的、蒙古大汗的卢比、热那亚金币。这样，加上你生日时我给你的那些，三年之内，你那个美丽的小金库便能恢复一半。你看怎样，乖女儿？把头抬起来，去，把宝贝拿来。我这样把钱怎么生怎么死的秘密和诀窍告诉了你，你该亲亲我的眼睛才对。说真的，钱像人一样有生命，会活动，会去、会来、会出汗、会生殖。"

老吝啬鬼比欧也妮更清楚她的财产。

欧也妮站起来。朝门走了几步又突然转过身来，面对面地看着父亲，对他说："我的金子已经没有了。"

"<u>你的金子没了？</u>"葛朗台像一匹听见十步外大炮轰鸣的马一样，腿弯子一挺，站了起来，大叫道。

"是的，金子没了。"

"欧也妮，你胡说。"

"是真的。"

"岂有此理！"

箍桶匠这样骂的时候，地板也震动起来。

"仁慈的上帝！瞧，太太脸都白了。"拿侬大叫道。

"葛朗台，你这样发火，把我吓死了。"可怜的女人说道。

"得，得，得，得，你们这家人是死不了的！欧也妮，你拿你的金币干什么去了？"他大吼着向女儿冲过去。

"老爷。"女儿趴在母亲膝盖上说道，"我妈难受成什么样了。瞧，您别把她逼死啊。"

葛朗台看见老伴从前黄黄的脸色现在逐渐变白，不禁害怕起来。

"拿侬，过来帮我躺下，"她有气没力地说道，"我要死了。"

拿侬连忙伸手扶着女主人，欧也妮也用手搀扶，费了九牛二虎之力才把她扶上了楼，因为她每走一级身子都要倒下来。葛朗台一个人留在楼下。但过了一会儿，他走上七八级，大吼道："欧也妮，等你妈躺好，你就下来。"

"好的，父亲。"

她安慰了母亲几句，很快便来了。

"女儿，"葛朗台对她说，"你一定要告诉我，你的宝贝哪儿去了。"

"父亲，如果您送给我礼物而我却不能自由支配，您就把这些礼物拿回去好了。"欧也妮冷冷地回答，同时拿起壁炉上那个拿破仑金币，递了过去。

葛朗台一把抢过金币，塞到钱包里。

"我想我以后什么也不会再给你了。不仅如此，"说着，他把大拇指的指甲往大门牙上一磕，"你瞧不起你父亲，也不相信父亲。你根本不知道父亲是什么。如果父亲不是你的一切，他就什么都不是了。你的金子在哪儿？"

"父亲，尽管你大发雷霆，但我爱您，也尊敬您。可是，我想斗胆提醒您一句，我已经二十二岁了。您常常对我说，我已经成年，好让我知道这一点。我的钱，我已经按照我喜欢的方式用了，请您放心，搁在一个好的地方……"

"哪里？"

"这是一个不能泄露的秘密。"她说道，"您不是也有您的秘密吗？"

"难道我不是一家之长吗？我不能有我自己的事吗？"

"我也有我的事。"

"葛朗台小姐，这件事要是不能告诉您父亲，就一定是坏事。"

"这件事好极了，就是不能告诉我父亲。"

"至少告诉我，您的金子是什么时候给出去的？"欧也妮摇头不语。"您生日那天还有的，不是吗？"

欧也妮变得和父亲一样狡猾，不过她是出于爱情而她父亲则出于吝啬。她仍然摇摇头。

"从来没见过这样的顽固，这样的偷盗。"葛朗台的嗓门越来越大，真是声震屋瓦，"怎么！在这里，我自己的屋子里，我自己家里，居然有人把你的金子，家里仅有的金子拿走，而我还没法知道是谁拿的？金子是贵重的东西呀。最老实的姑娘也会犯错误，把什么东西给了人，官宦人家，乃至

（旁注）
这样对待自己的女儿，一抢一塞两个动作，表现了葛朗台对金钱的执着。同时也说明了他很吝啬。

葛朗台已经怒不可遏了。

平民百姓，这也都是有的。可是将金子给人，因为你一定给了什么人了，对吗？"欧也妮不动声色。"谁见过这样的姑娘！我到底还是不是您父亲？如果您把金子存放出去，您准有个收据……"

"这些金子，我有没有支配它们的自由？有还是没有？金子是不是我的？"

"可你是个孩子呀。"

"成年了。"

葛朗台被女儿驳得哑口无言，他脸色发白，顿足大骂。终于又找到了词，大叫道："你这丫头是条该死的毒蛇！唉！坏东西，你知道我爱你，你就乱来，要掐死你父亲。没问题，你会将我们的家产拱手送给那个穿摩洛哥皮靴的穷光蛋。糟糕的是我不能取消你的继承权，岂有此理！不过我诅咒你，你的堂弟和你的孩子！你会看到，这一切对你不会有好结果，你明白吗？如果你给的是夏尔，那……不，不可能。什么？这可恶的花花公子竟敢偷我的东西……"他瞪着女儿，但女儿神态冷漠，一声不吭。"她动也不动，连眉毛也不皱一下，比我这个葛朗台还葛朗台。你把金子给了别人，至少不是无缘无故的吧？嗯，你说呀！"

欧也妮看着她父亲，目光透着讽刺。父亲勃然大怒。"欧也妮，你是在我家里，在你父亲家里。要留在这儿，就必须听父亲的话。神甫也是这样命令你的。"欧也妮低下了头。"你捡我最心疼的东西来伤害我，"葛朗台又说，"你不屈服，我就不愿见你。回你房间去，好好待着，我让你出来才出来。拿侬会给你送水送面包。听见没有，去吧。"

欧也妮泪如雨下，赶紧逃到母亲身边。葛朗台踩着雪在花园转了好几圈，也不觉得冷，他怀疑女儿在她母亲房里，想当场捉住她违抗命令的证据，便像猫一样敏捷地爬上楼梯。

问得好！

父女之情怎比得上金钱？在葛朗台心中，在金钱面前，亲情不值一文！

当老家伙冲进房间时，欧也妮正把头埋在母亲怀里，葛朗台太太抚摸着爱女的秀发说：

"别伤心了，可怜的孩子，你父亲的气会消的。"

"她没有父亲了。"箍桶匠说，"这样不听话的女儿，难道真是你我生的？葛朗台太太，真是好教育，还是宗教教育哩。喂，你不在你房间里，小姐，那就去蹲大狱，蹲大狱吧。"

"老爷，你要拆散我们母女吗？"葛朗台太太满脸通红，正发烧哩。

"如果你想留她，就把她带走好了，两个都从我房子里滚出去。真是天打雷劈，金子在哪儿？金子怎么了？"

欧也妮站起来，倨傲地看了父亲一眼，然后回到自己房间，老家伙一拧钥匙，把门锁了。

爱情使深埋在欧也妮心底的倔犟爆发了，爱情让欧也妮异常勇敢。

"拿侬，"他大叫道，"将客厅的火灭了。"接着，他走到老伴壁炉旁一张扶手椅上坐下，对老伴说："夏尔勾引她只是想咱们的钱，那丫头准是把金子给这小子了。"

葛朗台太太深知女儿面临的危险，出于对女儿的感情，居然鼓起勇气，装聋作哑，十分冷静。

"这一切我都不知道。"她朝床里一转身，躲开丈夫灼灼逼人的目光，回答道，"您恶狠狠的态度叫我好难受，我预感到自己非被脚朝前地抬出去不可了。我想，至少我从没给您惹过麻烦，老爷，此刻您就饶了我吧。您的女儿爱您，我想她和刚出生的婴儿一样，是清白的，所以，您就别让她痛苦了，收回成命吧。天气很冷，您会使她大病一场的。"

意谓死亡。

"我以后不见她，也不和她说话。她必须待在自己房间里吃面包喝清水度日，直到父亲满意为止。见鬼，一家之长必须知道家里的黄金到哪儿去了。她手里的卢比恐怕全法国只有她才有，另外，热那亚的金币，荷兰的杜加……"

"老爷，欧也妮是咱们的独生女，就算她将金币都扔到水里……"

"扔到水里?"老家伙大叫道,"扔到水里!您疯了吧,葛朗台太太。我是说一不二的,这您知道。如果您想家里太平,就叫您女儿供出来,逼她说老实话。在这方面,女人之间比我们男人好说话。不管她说什么,我绝不会把她吃了。她是不是怕我?即使她把她的堂弟从头到脚用金子包起来,他也已经在茫茫大海之上了,对吗?咱们想追也追不上了……"

"那么,老爷?"葛朗台太太由于精神紧张,或者她女儿的苦难使她变得更慈爱和聪明起来,尖锐的目光发现就在她回答的时候,她丈夫的肉瘤可怕地动了一下。于是,她念头一转,循着原来的语调说道,"那么,老爷,难道我在女儿面前比您更有权威?她什么也不跟我说,活脱像您。"

"该死的!您今早可真会说话!得、得、得、得,我想您也在耍我。您大概和她串通好了。"

他定睛盯着老伴。

"说老实话,葛朗台先生,如果您想要我的命,您就继续这样好了。我告诉您,先生,即使会送命,我也要再跟您说一句:您错怪您女儿了,她比您讲道理。这笔钱是属于她的,她只能用在正道上,而我们做的好事,只有上帝有权知道。老爷,我求您了,您就饶了欧也妮吧,好吗?……这样才能减轻您的怒气给予我的打击,也许还能救我一命。我的女儿,老爷,请您把女儿还我。"

"我走,"他说道,"这个家待不下去了,做妈的和做女儿的辩理、说话都好像……噗!呸!欧也妮,你送了我好一份恶毒的新年礼物,"他大叫道,"好,好,哭去吧!你现在做的事将来准会后悔,你明白吗?你每三个月领六次圣体有什么用,既然你将你父亲的黄金偷偷送给一个游手好闲的家伙,到你没钱借给他的时候,他连你的心也会一口吞掉的。你会

母爱让葛朗台太太变得坚强与勇敢,只可惜亲情怎能打动葛朗台那颗冷酷无情的心。

游手好闲:游荡成性,不好劳动。比喻不务正业。

看到你的夏尔是怎样一个人，穿着摩洛哥皮靴，一副谁也不敢碰的样子。既然他敢没得到姑娘父母同意就把姑娘的宝贝拐走，他就是个没良心、没灵魂的人。"

等街门关上以后，欧也妮走出卧房，来到母亲身旁。

"为了您的女儿，您真勇敢。"她对母亲说。

"孩子，你看，做了违禁的事会得到什么下场？……你使我不得不撒了谎。"

"噢！我会祈求上帝只惩罚我一个。"

"真的?"拿侬惊惶失措地跑来说道，"小姐以后只能吃面包，喝凉水?"

"这有什么，拿侬?"欧也妮泰然自若地说道。

"噢，往后东家的女儿啃干面包而我倒常吃果酱，不行，不行。"

"一句话你也别说，拿侬。"欧也妮说道。

"我闭上嘴就是，不过，您等着瞧好了。"

二十四年来，葛朗台第一次一个人吃晚饭。

"老爷，瞧您变成单身汉了。家里放着两个女人，自己却成了单身汉，真不是滋味呀。"

"我不和你说话。闭上你的嘴，要不我就把你撵出去。我听见炉子上的锅响了，你煎什么?"

"我在熬油……"

"今晚有人来，你把火生起来。"

八点，克罗旭一家、德·格拉桑太太和她儿子到了。没看见葛朗台太太和她的女儿，觉得很奇怪。

"我老伴身体有点不舒服，欧也妮在伺候她。"老葡萄园主不动声色地回答道。

德·格拉桑太太上楼去看望葛朗台太太。余下的人谈了些无关紧要的事。一个小时以后，德·格拉桑太太下来了，

早该这样了。居然等了二十四年才发生这种状况！

大家问她：“葛朗台太太怎样了？”

“情况不妙，很不妙。”她说道，“她的健康状况真叫人担心。像她那样的年纪，应该十二万分小心才对，葛朗台老爷子。”

“以后再说吧。”葡萄园主漫不经心地回答道。

大家向他告辞，几个克罗旭走到大街上以后，德·格拉桑太太对他们说：“葛朗台家有点不对头。做母亲的病得很厉害，而她本人并不知道。做女儿的两眼通红，像是大哭过一场。他们是不是愣要把她嫁出去呢？”

葛朗台睡下以后，拿侬趿着软鞋，悄悄走进欧也妮的房间，给她看一块煎好的肉饼。

“拿着，小姐，”好心的女佣说，“科努瓦耶给了我一只野兔。您吃得不多，这块肉饼可以吃上一星期，有冻汁裹着，坏不了。至少您不用光啃面包了，那样多伤身体。”

“可怜的拿侬。”欧也妮紧握着她的手说。

“我做得很香，很嫩，他一点也没发觉。肥油、肉佳，都从我那六个法郎里开支，这几个钱终归是由我做主的。”接着，女佣似乎听见葛朗台的声音，赶紧溜之大吉。

一连几个月，老葡萄园主经常不定时地来看望他老伴，只字不提他的女儿，也不去看她，连点暗示也没有。葛朗台太太足不出户，身体每况愈下。但老箍桶匠仍然不屈不挠，毫不动摇，严酷、冷峻得像花岗石做的桥墩子。他按习惯外出、回来。不过，不再结巴了，话也少了，做买卖比以往更加苛刻，计算上也常出错。克罗旭和德·格拉桑两家的人都说：“葛朗台家出事了。”在索漠城，人们晚上聚会时一般彼此都会提这样的问题：“葛朗台一家到底发生了什么事呢？”欧也妮去教堂总由拿侬陪着。出来时，如果德·格拉桑太太和她说话，她的回答总是躲躲闪闪，使对方不得要领。可是

注意这句话，这说明葛朗台太太的健康根本不被葛朗台关心，这与后来葛朗台对太太异常关心形成鲜明对比！

这样过了两个月，欧也妮被软禁的秘密再也瞒不过三位克罗旭和德·格拉桑太太。她的不露面终于再也找不到借口。再说也不知道到底是谁走漏了风声，全城的人都知道了，从元旦那天起，葛朗台小姐便被父亲下令幽禁在房间里，没有火取暖，只以面包和清水度日，拿侬给她做点好吃的，夜里给她送去。大家甚至知道姑娘只能趁父亲不在家的时候才能去看望和伺候她母亲。葛朗台的行为遭到了严厉的抨击。全城的人都不齿其所为，联想到他的背信弃义、尖酸刻薄，一致把他唾弃。他经过时，无不对他指指戳戳，窃窃私语。当他女儿由拿侬领着，穿过曲曲弯弯的街道去望弥撒或参加晚祷时，所有的居民都跑到窗口，好奇地细看这位富家女儿的举动，端详她那张忧郁而如天使般温柔的脸。她根本不在乎自己被关禁闭和失去父亲的欢心。她不是可以看见世界地图、那张长凳、花园、那堵墙吗？爱情的亲吻不还像蜜一样留在唇上，可以供她回味吗？有一阵子，她根本不知道全城人都在议论她，她父亲当然也不知道。在上帝面前，她虔诚而又纯洁，她的良知和爱情使她能够耐心地忍受父亲的怒火与报复。但有一种切肤之痛盖过了其他所有的痛苦。她那温柔慈祥的母亲，虽然身体一天不如一天，但越是接近生命的终点，灵魂便越透出美的光辉。欧也妮常常扪心自责，认为母亲卧床不起，受尽病痛的折磨，都是自己无意中造成的，虽说母亲尽量劝解，这种悔恨却将她和她的爱情更紧地缚在一起。每天早上，她父亲一出门，她便来到母亲床前。拿侬替她将早饭端来。但可怜的欧也妮看见母亲难受，自己也伤心欲绝。她示意拿侬看看母亲的气色，然后便哭起来，至于堂弟，她连提也不敢提，倒是葛朗台太太憋不住，对她说："他现在在哪儿？为什么不写信来？"

母女二人完全没有路途远近的概念。

"咱们心里想他就是，嘴里就别提了。"欧也妮回答，"妈妈，您有病，您比一切都要紧。"

一切指的就是他。

"孩子们，"葛朗台太太说，"我对生活并无留恋。上帝使我快快乐乐地了却苦难的一生，已经是对我的垂顾了。"

这个女人的话语总是那么圣洁和虔诚。那一年的头几个月，当丈夫在她身边吃早餐，在她房里踱来踱去的时候，她对丈夫说着同样的话，用天使般的温柔一再重复，但口气坚决。死期将至反而使这个女人具有一辈子也从未有过的勇气。

当丈夫循例询问她的病情时，她总是这样回答："老爷，谢谢您对我的关心。但如果您想在我临终时减轻一点我的难受和痛苦，您就饶了咱们的女儿吧，表现出您是基督徒、好丈夫和慈爱的父亲。"

每当听见这些话，葛朗台都坐在床边，像一个看见暴雨将临，不慌不忙地走到门洞里躲避的人，一言不发地听而不答。当妻子向他道出最感人、最温柔、最虔诚的恳求时，他便说："可怜的老伴，你今天的脸色可不太好啊。"他紧绷着脑门，抿紧嘴唇，似乎已经将女儿完全忘掉。甚至他那不着边际的回答和几乎一成不变的言辞，使妻子苍白的脸上流下眼泪，他也无动于衷。

"愿上帝像我一样原谅您，老爷。"他妻子说道，"总有一天您也会需要怜悯。"

自从妻子生病以后，他已经不敢再使用得、得、得、得这个可怕的口头禅了。但他妻子这个温柔的天使，虽然外形的丑陋已逐日被辉映在她脸上的道德之美所取代，葛朗台的专制蛮横却没有丝毫改变。她进入了精神的世界。祈祷的灵性似乎净化和淡化了她脸上最粗糙的线条，使之发出光辉。有些圣洁的脸庞上，灵魂的活动最终会改变丑陋的面貌，崇高而纯洁的思想又使之增添特殊的活力，这种改容换貌的现象又有谁不曾目睹过呢？痛苦折磨着这个形销骨立的女人，同时也改变了她的形象。这种改变终于在心如铁石的老箍桶匠身上也起了作用，哪怕是极细微的作用。他不再使用轻蔑的语言，但基本上是保持高度的沉默，以保全他家长的优越地位。他忠心耿耿的女佣人拿侬一在市场出现，立即会听到有关她主人的各种议论和非难。但尽管舆论一致谴责葛朗台老头的行为，这女佣仍然为东家的面子辩护。

形销骨立：形容身体极其瘦弱。

"请问，"她反驳那些说老家伙坏话的人，"咱们到老的时候，心肠不是都会变得硬一点吗？为什么你们就不让这个人心肠变硬些呢？你们别胡说八道。小姐生活得像女王一样。她总一个人，哼，那是她的爱好。再说，俺主人总有自己充分的道理。"

葛朗台太太憋屈得实在难受，达到了无法控制的地步。

隐痛：不愿告诉人的痛苦。

春天快过完了，葛朗台太太觉得苦恼比生病还难受，加上不管怎样央求也弥合不了葛朗台父女之间的裂痕，终于憋不住，在一天晚上，将心里的隐痛告诉了克罗旭叔侄。

"让一个二十三岁的大姑娘每天啃面包、喝凉水？……"德·蓬风庭长失声叫了起来，"而且毫无道理。这构成了虐待和侵害人身自由，她可以上告，因为……"

"得了，侄儿，"公证人说道，"你别来法庭上那套术语。太太，您放心，明天我就让这种禁闭结束。"

欧也妮听见说到她，便从房间里走出来。

"先生们，"她高傲地走上前来，说道，"我求你们别管这件事。我父亲是一家之长。只要我还住在他家里，就得服从他。他的行为无须别人赞成或反对，而只对上帝负责。看在友谊的份儿上，我要求你们对这件事保持高度的沉默。责备我父亲也就是不尊重我们。先生们，我感谢诸位对我的关心。如果诸位能制止我偶然听见的种种恶意的流言飞语，我将会加倍感激。"

"她说得对。"葛朗台太太说道。

"小姐，制止人们议论，最好的方式是还你自由。"幽闭的生活、悲伤的心境、爱情的滋润，使欧也妮出落得更加美丽，老公证人被深深打动了，恭敬地回答道。

"好了，女儿，让克罗旭先生处理这件事吧，既然他保证一定成功。他知道你父亲的脾气，知道怎样对付他。如果你愿意我死前这段日子活得快活一些，你和你父亲无论如何得和解。"

第二天，葛朗台按他将欧也妮幽禁以后的习惯，到小花园里转几个圈。<u>他是趁欧也妮梳头的时候来散步的。他走到那棵大核桃树跟前，躲在树干后面，看了好一会儿他女儿的长发。思想大概在执拗的性格和想亲吻女儿的欲望之间摇摆不定。</u>他往往坐在夏尔和欧也妮曾经山盟海誓的那条破长凳上，而他女儿也偷偷地或者从镜子里看父亲。如果他站起来，继续散步，欧也妮便欣然站到窗前，凝望那堵开满鲜花的围墙，缝隙间伸出了仙女草、爬山虎和一大株黄白相间的景天草，在索漠和图尔，这种草十分常见。克罗旭公证人大清早便来了，发现老头子沐浴着六月的阳光坐在小长凳上，背靠着将两家花园分隔的围墙，聚精会神地看着女儿。

"克罗旭先生，有什么事吗?"老头子看见公证人，问了一句。

"我是来和您谈买卖的。"

<u>"哈哈，有金子换给我吗?"</u>

"不，不，不是钱的问题，而是关于您女儿欧也妮的事，大家都在谈论你们俩。"

"他们管得着吗? 烧炭的在自己家也是个家长呀。"

"不错，烧炭的在家里想自杀也行，但糟就糟在他将钱往

在葛朗台的心底还是残存着一丝父爱的。

聚精会神:集中精神;集中注意力。

开口就是金子,可见他对金子已贪婪成性。

窗外扔。"

"什么意思?"

"唉,朋友,您太太的病可重了。您应该请贝日冷先生来给她看看,否则她性命难保。如果她得不到应有的治疗就死,我想您也会于心不安的。"

"得!得!得!得!您很清楚我老伴得的什么病。那些大夫,一朝跨进你家大门,便会一天来五六次。"

"好吧,葛朗台,随您的便。咱们是老朋友了,索漠城没有一个人比我更关心您的事,所以我才告诉您。现在,随便吧,你又不是孩子,知道该怎么办,别说了。而且我又不是为此而来。另外一件事恐怕比这严重得多。归根结底,您并不想将您老伴害死吧,她对您太有用了。您想想,如果葛朗台太太死了,您在您女儿面前会处在一个怎么样的地位。您得向欧也妮交账,因为您和您太太的财产并没有分开。您女儿有权要求和您分家,将弗鲁瓦丰卖掉。总之,她继承她母亲的遗产,而您却不能继承。"

这番话对老家伙无异晴天霹雳,因为他在法律方面并不像做买卖那么内行,从未想过共有财产拍卖这样的事。

"因此,我劝您对女儿宽容一点。"克罗旭归纳了一句。

"可是,克罗旭,您知道她干了些什么?"

"干了什么?"公证人很想听听葛朗台老头的心里话,好知道父女吵架的原因。

"她将金子给人了。"

"请问,金子不是她的吗?"公证人问道。

"都这样问我!"老家伙把手臂一甩,做了一个绝望的姿势,说道。

"您不是想将来等她母亲死后,要求她把她继承的那份财产让给您吗?难道为了一点小事就把这件大事搞黄了?"

的确是"晴天霹雳"!还是克罗旭更了解葛朗台的痛处。

"好嘛，您将价值六千法郎的金子说成是小事？"

"唉，老朋友，如果欧也妮要求清点和平分她母亲留下的遗产，您知道您会损失多少吗？"

"多少？"

"恐怕是二十、三十甚至四十万法郎！不是要将共有财产、估价拍卖之后才知道值多少钱吗？如果不和她达成谅解……"

"真是糟糕透了！"老葡萄园主颓然坐下，面如死灰，"克罗旭，这事以后再说吧。"

老家伙沉默了半晌才仿佛活了过来，眼睛盯着公证人说："人生真是太冷酷、太痛苦了。克罗旭，"他又一本正经地说道，"您不是在骗我吧，您能以名誉起誓，您刚才和我说的那番话在法律上是有根有据的？拿法典给我看看，我要看法典。"

"可怜的朋友，"公证人说道，"这是我的本行，能不知道吗？"

<u>"这么说，是真的了。将来我非被女儿抢光、出卖、杀死、吞掉不可了。"</u>

"她是她母亲的继承人呀。"

"要孩子有什么用！唉，我的老伴，我是爱她的，幸亏她身体结实，她是拉贝特利耶家的人。"

"她活不了一个月了。"

箍桶匠拍着自己的脑门，走过去，又走回来，可怕的目光盯着克罗旭，问他："怎么办？"

"欧也妮完全可以放弃母亲的遗产。您总不至于想剥夺她的继承权吧，是吗？你如果想得到这样的让步，就不应粗暴地对待她。老朋友，我跟您说这番话对我自己是有害而无利的。我的工作是什么？……清盘、登记、拍卖、分家……"

以小人之心度君子之腹！

"咱们以后再说，以后再说，现在别说这个了，克罗旭。您把我的五脏六腑都搅乱了。您收到金子了没有？"

"没有。不过我有几块古币，十几个吧，可以让给您。好朋友，和欧也妮讲和吧。您瞧全索漠城的人都朝您扔石头哩。"

"那帮浑蛋！"

"行了，公债已经涨到九十九了。您一辈子总该满意一次罢。"

"九十九，克罗旭？"

"是呀。"

"嗬！嗬！九十九！"老家伙说着把老公证人一直送到街门口。之后，由于听了刚才那几句话心里过分激动，他在自己屋里待不住了，上楼来到老伴的房间，对她说："喂，妈妈，你白天可以和女儿在一起过了，我到弗鲁瓦丰去。你们两个都要乖乖的。好老伴，今天是咱们结婚的纪念日，给，这是十个埃居供你在圣体瞻礼节搭祭坛用。这事你想了很久了，就好好享用吧！好好玩，要高高兴兴的，多多保重。快乐万岁。"他把十个每个值六法郎的埃居扔到他妻子床上，捧起妻子的头，亲了亲她的脑门，"好老伴，你好多了，是吗？"

"你心里连女儿都容不下，又怎能希望慈悲的上帝会光临你的家呢？"他妻子激动地说道。

"得，得，得，得，得，"做父亲的那位柔声说道，"咱们以后再谈。"

"谢天谢地！欧也妮，"做母亲的快乐得满脸通红，"快来拥抱你父亲，他饶恕你了。"

但老家伙早已不见踪影。他快步跑向庄园，准备理一理乱七八糟的思路。葛朗台这时已进入七十六岁高龄。尤其是最后两年，他的吝啬像人类所有经年累月的癖好一样有增无已。根据一项对吝啬鬼、野心家和所有一辈子死抱着一种想法的人的观察，他的感情总是专注于他爱好的一种象征上。看见金子，拥有金子成了他唯一的癖好。他的蛮横与他的吝啬一样与日俱增。老伴死后要放弃哪怕极小一部分财产的支配权，对他而言便是违情悖理的事。难道要对女儿公布财产，清点一切家具、动产和不动产，好送去拍卖？……"这不等于抹脖子吗，"他在地里边察看葡萄藤边大声说道。终于他打定了主意，吃晚饭时回到索漠城，向欧也妮让步，笼络她，哄她，以便死时还像国王一样，掌握着千百万家财的大权，直到最后一息。老家伙无意中身上带着百宝钥匙，当他蹑手蹑脚地登上楼梯，来到他妻子房间里的时候，欧也妮正好将那个精美的梳妆盒捧来，放在她母亲床上。两个人趁葛朗台不在，乐滋滋地细看夏尔母亲的肖像，从中去捉摸夏尔的面容。

"这完全是他的额头和嘴巴嘛！"老葡萄园主把门推开时欧也妮正这样说着。葛朗台太太一见她丈夫射到金子上的眼光便大叫一声："天哪，可怜可怜我们吧！"

老家伙扑向梳妆盒，犹如猛虎扑向熟睡的孩子。"这是什么？"说着他一把将那箱宝贝抓过来，站到窗子旁边。"是真金！是金子！"他大叫起来，"金子真多！足足有两磅。哦！哦！夏尔给你这个，换走你美丽的金币。嗯！为什么不早告诉我？这是宗好买卖啊，乖乖！你真是我的女儿，我承认你。"欧也妮手脚发抖。老家伙又说道："这不是夏尔的东西吗？"

"是的，父亲，这不是我的。这盒子是寄存的东西，不能动的。"

"得！得！得！他拿走了你的宝贝，应该补偿你。"

"父亲……"

见到金子，就扑上去是葛朗台的本能，差一点儿让他做出了"因小失大"的事情。

金子是葛朗台是否承认女儿的钥匙。

老家伙想拿刀子撬开一块金板，便将梳妆盒放在一把椅子上。欧也妮冲上前想把盒子夺回来，但箍桶匠眼盯着女儿和盒子，伸胳臂把她一推，用力很猛，女儿倒在母亲的床上。

"老爷，老爷，"母亲在床上坐起来喊道。

葛朗台已经拔出刀子，正准备将金板撬起来。

"父亲，"欧也妮大叫一声，跪倒在地，膝行到老家伙跟前，向他伸出双手，"父亲，看在所有圣人和圣母分上，看在死在十字架上的基督分上，看在您灵魂得救的分上，父亲，看在我的性命的分上，不要碰这东西！这个梳妆盒既不是您的，也不是我的。是一个不幸的亲戚托付给我的，我必须原封不动地还给他。"

"如果是寄存的东西，那你为什么看？看比碰它还糟。"

> 最荒谬的逻辑，可这就是拜金狂的信仰。

"父亲，千万别把它撬坏，否则我没脸见人了。父亲，你听见了吗？"

"老爷，饶命吧！"做母亲的说道。

"父亲，"欧也妮大嚷一声，声音之高，吓得拿侬奔上楼来。欧也妮顺手抓起一把刀子，当作武器。

"怎么？"葛朗台冷笑一声，很镇静地问道。

"老爷，老爷，您要我的命了。"母亲说道。

"父亲，如果您的刀刮掉哪怕一丁点金子，我就用这把刀自杀。您已经使我母亲病得半死不活，现在您又要杀您女儿。来吧，一刀换一刀？"

> 葛朗台正在心里飞快地权衡利弊，孰重孰轻？

葛朗台持刀对着梳妆盒，迟疑不决地看着他女儿。

"欧也妮，你真的会这样做？"他问道。

"当然，老爷。"做母亲的回答道。

"她会说到做到的。"拿侬大叫道，"老爷，您一辈子总得讲一次理吧。"箍桶匠看看金子，又看看他女儿，这样过了一会儿。葛朗台太太晕过去了。拿侬叫道："我的好老爷，您看到了吧？太太快死了。"

"好，女儿，咱们别为一个小箱子斗气了。你拿走吧。"箍桶匠大叫着，把梳妆盒扔在床上。"你，拿侬，快去请贝日冷先生。喂，她妈，"他边说边吻他老伴的手，"这没什么，得了：我们已经讲和了。不是吗，乖乖？不啃干面包了，你想吃什么就吃什么吧。噢，她睁眼了，喂，妈妈，小妈妈，好妈妈，好了！得，你看，我拥抱欧也妮了。她爱堂弟，她要想嫁他就嫁给他好了，她尽可以给他保管小箱子。可是，老伴，你得活得长长久久的。喂，你动弹一下。听着，圣体瞻礼节，你会有个最好看的、全索漠城都没有过的家庭祭坛。"

"我的上帝，您怎么可以这样对待您老伴和您孩子啊！"葛朗台太太声音微弱地说道。

"我再也不会，不会这样了。"箍桶匠大声说道，"你就瞧着吧，可怜的老伴。"他返回密室，回来时带了一把金路易，撒在床上，一边摆弄一边说："喂，欧也妮，喂，老伴，这是给你们的。得了，老伴，你开开心，好起来吧。你会要什么就有什么，欧也妮也是。这是给她的一百个金路易。这回你不会给人了吗？嗯？"

葛朗台太太母女俩相视愕然。

"父亲，您把钱收回去吧。我们需要的只是您的慈爱。"

"这就对了，"葛朗台说着将金路易收进口袋，"咱们和和美美地过日子。现在咱们大家都下楼吃晚饭，每晚都玩两个苏的摸彩。你们纵情地玩！怎样，老伴？"

"唉！我倒是想这样，既然这能让您开心，"奄奄一息的病人说，"可是我起不来呀。"

"可怜的妈妈，"箍桶匠说道，"你不知道我多么爱你。还有你，我的女儿！"他搂住女儿，吻她，"啊，闹了场误会之后又亲吻女儿真不知道有多开心！我的乖乖！瞧，小妈妈，我们和好了。去，把那玩意儿收好吧。"他说着指了指梳妆盒，"去，别害怕，以后我不再提了，永远也不提了。"

贝日冷先生这个全索漠最有名的医生很快便来了。看完病，他语气肯定地对葛朗台说，他妻子情况很不好，但是如果病人能保持心境平和，注意饮食，得到悉心的照料，也许能活到秋末。

"是不是要花很多钱，"老家伙问道，"要不要服药？"

"药不用多服，要多照顾。"医生说着忍不住笑了。

"总之，贝日冷先生，"葛朗台回答道，"您是体面人，不是吗？我信得过您，无论您认为什么时候该来您就来看我太太好了。千万把我这个好老伴的命保住。您知道，我很爱她，虽然表面看不出来，我们家什么都藏在肚里，乱七八糟的事叫我伤透了脑筋。我有烦恼，我兄弟一死，烦恼就进了我的家门，我为兄弟的事，在巴黎花了不少钱……总之，数不清的钱！而且没完没了。再见了，先生，我老伴如果还能救，就救吧，哪怕花一二百法郎。"

排比句，增加语言气势。　尽管葛朗台的确非常希望老伴好起来，因为老伴一死，遗产的事就得要他的命；尽管他对母女俩百依百顺，讨好的态度使她们俩十分吃惊；尽管女儿对母亲悉心照顾，曲尽孝道；但葛朗台太太的病情仍然急转直下，一天天衰弱下去，大凡这个年纪患重病的妇女都是如此。她身体干枯得像秋天的树叶。天国之光照射在她身上，仿佛太阳辉映下，树叶也闪着金光。她的死无愧此生，这是一个虔诚基督徒的死，崇高的死，不是吗？

到了 1822 年 10 月，她的道德、她的天使般的忍耐和她对女儿的爱表现得特别显著。她一声不吭地溘然长逝了，像一只白璧无瑕的羔羊登上天国。在这个世界上，她割舍不下的只是自己凄凉一生的温柔伴侣——她的女儿。她最后的眼神似乎已经预见到女儿坎坷苦难的命运。想到将这只像她一样洁白的羔羊孤苦伶仃地留在这个自私自利的世界上，任人宰割、掠夺，她便瑟瑟发抖。

"我的孩子，"她在咽气前对女儿说，"你总有一天会知道，只有在天国才能找到幸福。"

母亲死后第二天，欧也妮又找到了新的理由，使她更加眷恋这个她出生、受苦、母亲又刚刚辞世的家。只要她看到家里的彩色玻璃窗和正厅里带垫座的椅子，她便禁不住伤心落泪。看见父亲对她关心体贴，总认为自己误解了老父的心。老父来挽她下楼吃午饭，还一连几个小时用差不多是慈爱的眼光看着她，总之，关怀备至，仿佛她是金铸的一般。

老箍桶匠与从前简直判若两人，在女儿面前战战兢兢。拿侬和几位克罗旭见他这般模样，以为是年纪老了的缘故，还担心他的某些机能已经退化。办丧事那天，克罗旭公证人被邀请一起吃晚饭，他是唯一知道葛朗台秘密的人，这时，老家伙的行为便得到了解释。当杯盘撤了，门也仔细关好以后，他对欧也妮说：

"好孩子，你现在是你母亲的继承人了，咱们俩之间有些小事情要处理一下。不是吗，克罗旭?"

"对。"

"难道非得在今天办不行吗? 父亲。"

"是呀，是呀，我的小乖乖。我不能老这样心里七上八下。我想你总不至于要我受罪吧?"

"噢，父亲。"

"那好，今晚就把事情了断。"

"您要我做什么?"

"可是，乖乖，这和我无关。克罗旭，你告诉她。"

这居然是葛朗台太太渴望幸福的唯一途径，读之令人心酸。

如此算计自己的女儿，世上真有这样的父亲! 以欧也妮对金钱的毫不在乎反衬葛朗台的贪婪。

"小姐，您父亲既不愿平分，也不愿拍卖他的财产，更不愿因拥有现款而付重税。因此，必须避免清点和登记您和令尊目前共有而未分的财产……"

"克罗旭，您在一个孩子面前说这些，您是否非常有把握？"

"葛朗台，您听我说呀。"

"好，好，朋友。您和我女儿都不愿抢我的财产，对不，乖乖？"

"可是，克罗旭先生，我该做些什么？"欧也妮不耐烦了，问道。

"好，"公证人说道，"您要在这张文书上签字，声明您放弃对令堂的继承权，将您和令尊之间一切共有财产的用益权交给令尊，而令尊则同意您有所有权……"

"您说的我一点都不懂，"欧也妮回答道，"请您把文书给我，告诉我该在哪里签字。"

葛朗台老头的目光从文书转向女儿，又从女儿转向文书，心里激动万分，一个劲儿用手擦脑门上冒出来的汗珠。

"乖乖，"他说道，"别签这份文书了，登记要交很多钱，如果你愿意无条件地完全放弃你对可怜的已故母亲的继承权，将未来交给我安排，我觉得这样更好。我会每月给你足足一百法郎的回报。瞧，这样，你想给什么人做多少台弥撒都可以了……嗯！每月一百法郎，按利勿尔作十足算，怎样？"

"您要我怎么办我就怎么办，父亲。"

"小姐，"公证人说道，"我有责任提醒您，这样您就一无所有了。"

"啊，我的上帝，"她说道，"这有什么关系？"

"闭嘴，克罗旭。一言为定，就这么办了，"葛朗台边大

得寸进尺，连登记要付的钱都省下了。

声嚷嚷边拿起女儿的手，用自己的手往上一拍，"欧也妮，你不会反悔，你是个诚实的姑娘，对吗？"

"噢，父亲……"

葛朗台热烈拥抱女儿，把她搂得喘不过气来。

"好，孩子，你救了父亲一命，不过，你只是把父亲给你的东西还给父亲，咱们现在两讫了。买卖就得这样做。生活就是一种买卖。我祝福你，你是个孝顺父亲的贤德姑娘。现在你想干什么就干什么吧。明天见，克罗旭，"他边说边瞧着惊呆了的公证人，"您负责准备一份放弃遗产的文书交给法庭的档案室。"

> 这倒是葛朗台的真心话！

> 父女之间的关系就是赤裸裸的金钱交易，公证人自然被父女俩弄得眼花缭乱！

第二天中午时分，签署了那份欧也妮自动放弃财产的声明。老箍桶匠言而无信，虽然曾经庄严地许诺每月给女儿一百法郎，但到第一年的年底，连一个苏也没给。欧也妮开玩笑向他提起的时候，他不禁脸红了，赶紧上楼去密室，回来时将从侄儿那里拿到的首饰的三分之一递给女儿。

"拿着，孩子，"他声音里充满了嘲弄，"拿这个顶你那一千二百法郎，怎么样？"

"噢，父亲！您真的给我？"

"明年我再给你同等的数目，"说着，他将那些首饰扔到她的围裙里，"这样用不了多久，他的全部首饰都归你了。"他搓着两手又说了一句，心里很高兴能利用女儿的感情占到了便宜。

> 只这一句话就足以说明葛朗台对女儿的"爱"！

可是老头子尽管身体还结实，也觉得有必要让他女儿懂得点持家的诀窍。一连两年，他让女儿当着自己的面吩咐佣人买菜和收账。他慢慢地逐一将他的田地、农庄的名称和情况告诉她。到了第三年，他已经将自己那一整套吝啬的做法完全传授给了女儿，成为女儿的习惯，这才放心大胆地把家用开支大权交给女儿，让她成为家里的女主人。

五年过去了，在欧也妮和她父亲单调的生活中，没有什么事值得一提。都是些同样的事情，完成得像老挂钟一样精确。葛朗台小姐的多愁善感对任何人都已经不是秘密。可是，虽然人人都能猜到其中的原因，她却从未漏出只言片语能证实索漠城各界人士对她内心感情的种种猜测。与她来往的只有那三位克罗旭和他们无意中带到她家里来的几位朋友。他们教会她打纸牌，每晚都来陪她玩几局。

到了1827年，她父亲感到自己年事已高，腿脚不灵，只好将田地房产的秘密告诉她，对她说，有困难就去找公证人克罗旭，此人忠实可靠。大约到了这一年的年底，老家伙终于在八十二岁高龄得了瘫痪，病情迅速恶化，贝日冷先生说已经没有希望了。

欧也妮想到在这个世界上自己很快便成了孤零零一个人，便更加亲近父亲，更使劲地攥紧亲情这最后一环。在她的思想中，像所有心有所属的女人一样，爱情就是整个世界，而夏尔却不在身旁。她对老父照料得无微不至。父亲虽然体力开始下降，但吝啬的天性不减。所以这个人的死和生简直没什么两样。

一清早，他便叫人将他坐的轮椅在他房间的壁炉和无疑装满金子的密室之间推过来，推过去。他坐在那里纹丝不动，但极不放心地来回看着每一个来访的人和钉着铁皮的门。听见什么声音都要问个明白。令公证人大为吃惊的是，他连狗在院子里打呵欠都听得见。每当到了收地租和管庄园的算账，或者开收据的日子和钟点，他便从迷迷糊糊中清醒过来，推动轮椅，直到密室的门前，叫女儿将门打开，亲自看着女儿秘密地将一袋袋钱摆好，然后把门关上。等女儿将宝贵的钥匙还给他，他便一声不响地回到原来的位置。钥匙他总放在背心口袋里，不时用手摸一下。他的老朋友公证人，觉得夏

多愁善感：形容人感情脆弱，容易发愁和感伤。

无微不至：形容待人非常细心周到。

夸张的讽刺。

尔·葛朗台如果不回来，那位有大笔财产继承的姑娘肯定会嫁给他那个当庭长的侄儿，于是更加殷勤周到，每日都来听葛朗台的吩咐，执行他的命令去弗鲁瓦丰，巡视地产、葡萄园和草场，替他卖掉收成，将所得一律换成金银，和密室原有的金子堆放在一起。

终于，弥留的时候到了，老家伙结实的身板与毁灭做垂死的斗争。他想坐在火炉旁，面对密室。他将堆在他身上的被子都拉过来，掖好，对拿侬说："掖紧，都掖紧，别让人偷了。"他整个生命都退守到眼睛里，当他能够睁眼时，目光立即转到他堆放财宝的密室门上，对女儿说："还在那儿吗？还在那儿吗？"声音流露着极度的惊恐。

<blockquote>葛朗台对黄金已经达到了病态的迷恋。</blockquote>

"还在，父亲。"

"看好金子，把金子摆在我面前。"

欧也妮将金币摊放在桌子上，他便一连几个小时用眼睛盯着金币，像一个刚刚有视力的孩子呆看着同一件东西，同时也像孩子一样，露出一丝费劲的笑意。"这让我感到暖和！"有时他脸上掠过幸福的表情，说出这样一句话。

教区的本堂神甫来给他做临终傅礼的时候，他那双似乎已经没有生气的眼睛，一看见十字架、烛台、银圣水盘，突然又活动起来，紧盯着这些东西，那颗肉瘤最后也动了动。神甫把镀金的十字架送到他嘴边，让他亲吻基督，他做了一个可怕的动作，想抓住十字架。这一使劲要了他的命。他喊欧也妮。尽管女儿就跪在他前面，流着泪亲吻他已经冰冷的手，他也看不见。

<blockquote>一辈子渴望占有金子的葛朗台最后自然也要因为试图攫取金子而送命。否则就不是绝妙的讽刺了。</blockquote>

"父亲，祝福我吧。"她要求道。

"好好照看一切。到了那边向我交账。"他说的这最后一句证明基督教应该是守财奴的宗教。

于是房子里如今只剩下欧也妮孤零零一个人，身边唯有说明拿侬与欧也妮亲密无间。

休戚与共：忧喜、祝福彼此共同承担。形容关系密切，利害相同。

拿侬，唯有拿侬是给一个眼色便能心领神会，也是唯一为爱她而爱她，能和她休戚与共的人。大个子拿侬是欧也妮的保护神，因而不再是她的佣人，而是她谦逊的朋友。父亲死后，欧也妮从克罗旭公证人那里知道，她在索漠地区有三十万利勿尔的田产收入、六百万每张六十法郎、年息三厘的公债，这些公债时值已升至七十七法郎，外加二百万的金币和价值十万法郎的埃居，拖欠未还的款子还没计算在内。她的财产总数估计可达一千七百万。

"我堂弟在哪儿呢？"她心里琢磨道。

她继承的遗产已经登记无讹，克罗旭公证人来把清册交给她的那一天，欧也妮和拿侬两个人各坐在壁炉一边。大厅空荡荡的，但一切都使人回忆起过去的事，从她母亲坐过的带垫座的椅子到她堂弟喝过的杯子。

"拿侬，就剩咱们两人了……"

"是呀，小姐。如果我知道那可爱的小少爷在哪里，我用两条腿走也要把他找回来。"

"我们远隔重洋呢。"欧也妮说道。

拿侬是葛朗台去世后获益的第一人。

当可怜的孤女和她年老的女佣人在这个冰冷幽暗的屋子——她的整个天地里相对饮泣的时候，从南特到奥尔良，大家议论纷纷的无非是葛朗台小姐的一千七百万法郎。欧也妮所做的第一件事就是给拿侬一千二百法郎年金，加上原有的六百法郎，拿侬就有了一份相当不错的陪嫁。不到一个月，她便从姑娘之身一变而成为替葛朗台小姐总管地产物业的安东尼·科努瓦耶的媳妇。科努瓦耶太太比起同时代的妇女占很大的优势，尽管已经五十九岁，看上去只有四十出头。粗糙的面容经受住了时间的考验。由于一向过着修道院般的生活，她并不显老，皮肤红润，身体像铁打的一般。也许她从来没有像出嫁那天那样好看过。她生得丑，但丑也有丑的好处。她高大、肥胖、身板结实、不怕风霜的脸上洋溢着幸福的神情，使有些人对科努瓦耶羡慕不已。卖布的说："她的皮色真好。"卖盐的说："她还能生孩子呢，说句不中听的话，她就像在盐卤里腌过，不会坏的。"另一个街坊说："她有钱，科努瓦耶那小子可捞着了。"拿侬从老房子里走出来。由于在街坊四邻中人缘很好，故而沿着弯曲的街道往教堂去的时候，一路上只听见人们的祝贺。欧也妮送给她三打餐具作为结婚礼物。科努瓦耶没想到女主人如此慷慨，提起来便热泪盈眶，甘愿为她赴汤蹈火。科努瓦耶太太成了欧也妮的心腹之后，除了有个丈夫之外，又增添了一种快乐。现在终于由她像她故去的主人一样，早上将食橱打开、关上、安排伙食了。她还要指挥两个佣人、一个厨娘和一个负责补缀被服、缝制小姐衣裙的女仆。科努瓦耶当看门人兼总管。不消说，拿侬亲自挑选的厨娘和女仆都是好样的。欧也妮小姐于是有了四个忠心耿耿的人伺候，由于老家伙生前在管理上定下了严格的规矩，他死后由科努瓦耶夫妇继续恪守，因而佃户们甚至不觉得老家伙已经去世。

赴汤蹈火（fù tāngdǎohuǒ）： 沸水敢蹚，烈火敢踏。比喻不避难险，奋勇向前。赴：走往；汤：热水；蹈：踩。

▌ 情境赏析 ▌

文章写得最精彩的是葛朗台临终前最后一个动作和最后一句话。这二者都是葛朗台对金钱贪欲的集中表现，前者是想攫取金子，后者是要永远占有金子。这是葛朗台性格的最本质方面。神甫让他吻镀金的十字架上的圣像，他却要把十字架抓在手里，是因为他不信教，根本没有宗教感情。更因为"看到金子，占有金子"是他一生的所想所为，已经变成他的本能。这一动作送了他的命，很有讽刺意味。一个终生攫取金子的人，最后把命送在攫取金子上，而他所要攫取的还只是个徒具金子其表的物品。这象征他一生的追逐毫无意义，他所追逐的只不过是只有表面价值的虚幻的东西。

这和他盯着一桌子金币就有了进入极乐世界的感觉一样。

巴尔扎克在塑造典型人物时，常常让他为某种炽烈的感情所控制，使他的一言一行都受这种感情支配，使他日夜都在这种感情中煎熬，甚至为满足这种感情付出生命也在所不惜。葛朗台就是这样的典型，主宰他的是对金钱的炽烈感情，或者说是对金钱的无限贪欲。这样的典型给人留下的印象极为深刻，令人难忘。

▌名家点评▐

巴尔扎克曾对各式各样的贪婪做了透彻的研究。

——〔德〕马克思

我需要一次胜利，一次绝大的胜利，《欧也妮·葛朗台》是一件美丽的作品。

——〔法〕巴尔扎克

当一个人富裕得只有金钱的时候，她并不是寂寞的，因为她的身边永远都不缺乏慕钱而来的追随者。这群围绕着她和她的金钱的人，因为她的一颦一笑上演着一出出或悲或喜的闹剧，可是她为什么又会感到如此彻骨的孤独呢？是因为她非常地清楚她富有的也只剩下金钱了！

欧也妮三十岁上还没尝过生活的任何乐趣。她惨淡的童年是在一位心迹不为人理解，被伤害而总在受苦的母亲身旁度过的。这位辞世时庆幸自己获得解脱的母亲只可怜女儿还要活下去，使女儿心里微微有些惆怅，没完没了地总觉得对不起母亲。第一次，也是唯一的一次爱情是欧也妮烦恼的根源。和情人只见过几天面，她便在两次偷吻之间将一颗心托付给了对方。后来，情人走了，两人之间相隔着整个世界。这种爱情为父亲所不容，险些断送了母亲的性命，给欧也妮也只留下了痛苦和渺茫的希望。所以，迄今为止，她为追求爱情耗尽精力，却未获得回报。精神生活和肉体生活一样，存在着呼与吸的现象：心要吸收另一颗心的感情，将之融会之后，以更丰富的感情回报对方。人类若没有这种美妙的现象，内心便没有活力，缺乏空气，只能痛苦，消亡。

欧也妮开始痛苦了。财富对她并不是权力，也不是安慰。她只能靠爱情、宗教和对未来的信念活着。爱情告诉了她什

惆怅(chóu chàng)：伤感，失意。

表示假设关系的句子，强调人类需要这种美妙的现象——爱情。

么是永恒。她的心和福音书向她指出，等待着她的是两个世界。她日夜都沉浸在两种无限的思想之中，对她来说，这两种思想可能合二为一。她退回她的内心世界，一心去爱，也认为被人所爱。七年以来，她的感情已浸透一切。她的珍宝并非积攒起来的千百万家私，而是夏尔的那个小箱、悬挂在床前的那两张肖像以及从她父亲那里赎回、骄傲地摆在木柜抽屉中一层棉花上的首饰，还有她母亲使用过的、她婶子的顶针。每天，她都要虔诚地用来刺绣，好比珀涅罗珀之做针线活，她刺绣的目的不过是想用手指戴一戴这个充满纪念意义的金顶针而已。

看样子葛朗台小姐并不想在服丧期间结婚。她的虔诚是众所周知的。因此，克罗旭一家在老神甫聪明的指导下，采用了以亲切关怀来包围葛朗台小姐的政策。她家的正厅每晚高朋满座，他们都是本地克罗旭党最积极、最忠实的拥护者，用各种音调对屋子的女主人大唱赞歌。这里面有她的随侍太医、大司祭、侍从官、梳妆女官、宰相，尤其是掌玺大臣、一位对她知无不言的掌玺大臣。如果她想要一个持后裾的女侍，他们也会给她找一个。她俨然成为一位女王，被人奉承得极其巧妙的女王。伟大的人物绝不会阿谀谄媚，小人却最精于此道，他们藏头缩颈，以便钻进目标人物的心脏地带。凡奉承背后都有利益驱动。因此，每天晚上挤满葛朗台小姐大厅的人，称她为德·弗鲁瓦丰小姐，溢美之词可谓铺天盖地，层出不穷。

这种吹捧大合唱是欧也妮过去从没有听过的，最初还感到脸红，久而久之，不管吹捧如何肉麻，她的耳朵也已听惯了对她美貌的赞扬。如果一个新来的人觉得她丑，她绝不会像八年前那样不放在心上，而且她从前暗中对偶像说的那些甜言蜜语，现在自己也爱听了。她逐步习惯于被人像女王那

这世界上出淤泥而不染的只有莲花，而欧也妮毕竟不是莲花。

样吹捧，看惯了满座公卿夜夜来朝。

　　德·蓬风庭长是这个小圈子里的男主角。他的风趣、人品、学问以及和蔼的态度不断受到赞扬。有人说，七年来，他的财富已经大大增加，地产年收入至少一万法郎，而且那块地像克罗旭的所有财产一样，四周都是葛朗台小姐的大片地产。"您知道吗？小姐，"一位常客说，"克罗旭他们年收入有四万法郎。""还有他们的积蓄，"克罗旭派一位名叫德·格里鲍果小姐的老妇人接着说，"最近，一位从巴黎来的先生要价二十万法郎想把事务所盘给克罗旭先生。此人若被任命为治安法官，就会将事务所出让。""他想接替德·蓬风先生做初级法庭的庭长，所以先做准备。"德·奥松瓦夫人接口道，"因为庭长先生不久要升任法院推事，再进一步当法院院长。他很有办法，准能成功。"另一个人又说："是啊，他是一位杰出的人，您不这样认为吗，小姐？"

　　庭长竭力打扮得和自己想扮演的角色相称。尽管已经四十岁，棕色头发，面目可憎，像所有司法人员一样长着一张干巴巴的脸，但穿着仍如年轻人，舞弄着一根白藤手杖，在德·弗鲁瓦丰小姐家从不吸烟，来时总系条白领带，衬衣上的大褶裥襟饰使他看上去活像蠢头蠢脑的火鸡。他和美丽的欧也妮说话时态度亲密，称她为："我们亲爱的欧也妮！"

　　总之，除了在场的人数，除了用纸牌代替摸彩，除掉葛朗台先生夫妇，正厅里的场面和这段故事开始时几乎一模一样。那群猎犬依然追逐着欧也妮和她的千百万家财，但猎犬的数目多了，吠得也更凶，它们同心协力包围猎物。要是夏尔从印度大陆赶回来，他会发现同样的人物，同样的利益考虑。欧也妮仍然大大方方地热情接待德·格拉桑太太，德·格拉桑太太也继续折磨克罗旭他们。但跟从前一样，欧也妮这个角色仍然支配着整个画面，也和从前一样，夏尔仍然君

这段肖像描写把庭长的丑恶无耻嘴脸刻画得惟妙惟肖。

临一切。但情况也有进步。从前生日时庭长送给欧也妮的那束鲜花，现在变成定期送了。每天晚上，他都带给有钱的欧也妮小姐一大束好看的鲜花。科努瓦耶太太当着众人放进花瓶，客人们一走，她便偷偷扔到院子的一角。初春时，德·格拉桑太太见克罗旭一派那么得意，想跟他们捣捣乱，便和欧也妮谈起德·弗鲁瓦丰侯爵，此人已经破产，但如果欧也妮愿意嫁给他，把他家原来的地带回去，侯爵便可以重振家业。德·格拉桑太太将贵族门第、侯爵的头衔吹得震天价响，并将欧也妮轻蔑的一笑当作同意的表示，到处扬言说，欧也妮和克罗旭庭长的婚姻并不像人们所想的那样有多大进展。"尽管德·弗鲁瓦丰先生已经五十岁，但样子并不比克罗旭庭长老。不错，他丧了妻，又有孩子，但他是侯爵，将来准能当贵族院议员。这年头，找这样一门亲事不容易呀。我确实知道，当初葛朗台老头将所有的产业并入弗鲁瓦丰的地产，就是有意攀德·弗鲁瓦丰家族的高枝。他跟我说过好几次，老家伙鬼着哩。"

德·格拉桑是当时所有爱慕虚荣、头脑简单、长舌妇的代表，她们最擅长的就是流言飞语，见风使舵。

"怎么回事，拿侬，"欧也妮躺下睡觉的时候问道，"七年中他连一封信都没写给我？……"

索漠城发生上述事时，夏尔在西印度群岛发了财。他带的货物一开始就很抢手，很快便赚了六千美元。一过了赤道，他便抛弃了许多成见，发觉在热带地区和在欧洲一样，最快速致富的捷径是贩卖人口。于是，他来到非洲海岸，做起贩卖黑奴的勾当，同时选些获利大的货物贩运。他全副精力做买卖，根本没有半点空闲，一心只想发了大财之后，风风光光地重返巴黎，爬到比以往所失去的更高的地位。

在人堆中混久了，地方跑多了，各种不同的风俗习惯也看多了，他终于改变了想法，对一切都采取怀疑的态度。看见有些事在一个地方是罪行，而在另一个地方则是美德，因而他对是非曲直再也没有一个固定的概念。一天到晚盘算利害得失，使他的心变得冷酷、狭隘、无情。葛朗台家族的血统没有失传。夏尔成了一个铁石心肠、贪得无厌的人，他卖中国人、黑人、燕窝、儿童、艺人，而且大笔大笔地放高利贷。他惯于走私漏税，更不把人权放在眼里。他到圣多马岛低价收购海盗抢来的货物，运到缺货的地方去卖。初次出航时，他脑子里还有欧也妮高贵、纯洁的形象，如同西班牙水手船上挂的圣母像一样。头几次商业上的成功，他还归功于这位温柔少女的祝福与祈祷。可是后来，他跟黑种女人、黑白混血种女人、白种女人、爪哇女人、埃及舞女，以及各种肤色的女人胡混，到处花天酒地，便把堂姐、索漠、老家、长凳、过道里的亲吻，忘得一干二净。只记得旧墙环绕的小花园，因为正是在那儿，开始了他的冒险生涯。但他六亲不认：他伯父是一条骗走他首饰的老狗；他心中和思想里根本没有欧也妮，若有，也不过是在买卖中借过六千法郎给他的债权人而已。这种行为和思想便是夏尔不写信的原因。在西印度群岛、圣多马、非洲海岸、里斯本和美国，这个投机家为了不损害家族的名誉，改了个假名，卡尔·赛弗。这样便可以肆无忌惮、持续不断地到处闯荡，胆大妄为，贪婪而不择手段，他急于捞钱，以便及早金盆洗手，后半生做个正人君子。这种做派使他很快便发了大财。1827 年，他登上一艘保王党贸易公司属下的豪华双桅帆船玛丽—卡罗琳娜号，返回波尔多。他拥有三桶箍得严严实实的金砂，价值一百九十万法郎，打算到巴黎换成货币时再赚取七八厘利润。这艘船上有一位贵族人士，是夏尔十世国王陛下的侍从，名叫德·奥勃里翁。此公是个善良长者，一时糊涂，娶了个时髦女人。老人的财产都在安的列斯群岛，为了弥补他妻子挥霍的亏空，只得回去变卖家产。德·奥勃里翁夫妇是德·奥勃里翁·

夏尔的发家史真切地反映了资本主义原始积累时期海外掠夺的残忍无耻。

肆无忌惮(dàn)：任意妄为，没有一点儿顾忌。

德·比什家族的后裔，这个家族最后一位当官的已于1789年之前去世。现在夫妇二人每年只有二万法郎的年金。膝下有一个女儿，长相奇丑。做母亲的想将女儿嫁出去，但又没有嫁妆，因为家中的财产只能勉强维持在巴黎的日常开销。尽管时髦女人一般都神通广大，但交际场中的人士认为，要嫁此女，仍是难题。所以德·奥勃里翁夫人本人看见女儿也很头疼，因为即使醉心贵族头衔的人也不敢问津。

德·奥勃里翁小姐长得像一只与她同音异义的昆虫，又细又长，一张模样像瞧不起人的嘴巴，一个太长的肉头鼻子，平时发黄，吃饱饭后便变得通红，这是一种植物才有的现象，偏偏长在一张苍白无聊的脸上，更是叫人恶心。总之，对一个三十八岁风韵犹存、尚有非分之想的母亲来说，有这样的女儿，还是很不错的。但为了弥补缺陷，德·奥勃里翁侯爵夫人把女儿调教得风度优雅，良好的卫生习惯，使鼻子暂时还保持合理的颜色，她教她穿着打扮得有品味，传授给她种种漂亮的举止和忧郁的眼神，使男人见了容易动心，以为遇见了踏破铁鞋无觅处的天使。母亲还教她如何迈步抬足，以便在鼻子不听话变红时，恰到好处地露出纤足，让人欣赏其娇小玲珑。总之，她将女儿调教得差强人意。利用宽大的袖子、骗人的胸衣、仔细塞了东西而鼓起的长裙、绷得紧紧的胸褡，居然制造出若干女性特征，其精致巧妙真可以放到博物馆中陈列，供天下母亲借鉴。夏尔经常接近德·奥勃里翁夫人，而这也正中夫人的下怀。不少人甚至说，船还在海上的时候，美丽的德·奥勃里翁夫人为俘虏这个有钱的乘龙快婿，已经把各种手段都用尽了。1827年6月，在波尔多下船时，德·奥勃里翁一家三口和夏尔住进同一家旅店，一起动身赴巴黎。奥勃里翁府早已抵押出去，想要夏尔给赎回来。做母亲的已经谈到将来自己会满心欢喜地把楼下让给女儿和

和这副尊容的女人结婚，无疑为的不是爱情。

差（chā）强人意：大体上还能使人满意。差：稍微。

女婿。她不像德·奥勃里翁先生那样对门第抱有偏见，她答应夏尔，去求好心的夏尔十世下一道御旨，允许他葛朗台改姓德·奥勃里翁，使用德·奥勃里翁的族徽，并且如果夏尔拿出三万六千法郎的年收入做奥勃里翁家的长子世袭财产，他便可以同时承袭德·比什大将和德·奥勃里翁侯爵两个头衔。将两家的财产合在一起，和和美美地生活，加上白拿的皇粮，德·奥勃里翁府的年收入可达十几万法郎。她对夏尔说："有了十万法郎的年收入、有了贵族姓氏和门第，出入宫禁——因为我会使你被册封为王室侍从，这样你不就想做什么就能做什么吗？或当行政法院审查官，或当省长、大使馆秘书、大使，随你挑就是。夏尔十世很喜欢德·奥勃里翁，他们从小就认识。"

这个女人煽起夏尔的野心，使他如醉如痴，这些话像体己话般道出，手段十分巧妙，所以船行一路，夏尔也痴想了一路。他以为伯父已经将父亲的事料理完毕，自己可以平步青云，一脚踏进当时人人都想挤进的圣日耳曼区，在玛蒂尔特小姐蓝鼻子的庇荫下，一变而成为德·奥勃里翁伯爵，如同当年德勒一家摇身变为布雷泽一样。他离开的时候，复辟王朝摇摇欲坠，这次回来却是一片繁荣景象，使他看得眼花缭乱，贵族思想的光芒使他怦然心动，他那始于船上的醉意，一直保持到巴黎。他决心不顾一切，去攫取自私的岳母使他依稀看到的高位。因此，在这锦绣般的前景中，堂姐自然是微不足道的了。

他又见到了安奈特。从交际场中女子的眼光出发，安奈特极力怂恿她这位旧情人同意这门亲事，并答应全力支持他的一切往上爬的活动。安奈特乐于让夏尔娶一个既丑又讨厌的姑娘。在西印度群岛逗留过以后，夏尔变得更吸引人了：皮肤变成了棕色，举止变得坚决、果敢，正如那些习惯于当

金钱、姓氏、门第是像夏尔这样的人一生为之追寻的东西，爱情不过是可怜的附属品。

微不足道：非常藐小，不值得一提。

机立断、支配一切并获得成功的人。夏尔看到自己能在巴黎有所作为，呼吸也更加顺畅了。

德·格拉桑知道他回来，发了财，近期还将结婚，便来找他，和他谈到只要拿出三十万法郎，他便可了清他父亲遗留的债务。他到的时候，看见夏尔正和一个珠宝商讨论定做首饰送给德·奥勃里翁小姐的事。珠宝商正给他看图样。尽管夏尔从西印度群岛带回了精美的钻石，但钻石的手工、新婚夫妇用的银器、各种首饰和小玩意儿加起来也要二十多万法郎。夏尔已经不认识德·格拉桑了，接待他时，摆出时髦青年狂妄自大的派头，因为他在西印度群岛曾经和人决斗，杀死过四个对手。德·格拉桑已来过三次。夏尔冷冷地听着，没十分听明白便答复他："家父的事与在下无关。先生，我感激您乐意帮忙，但我不能领情。我拿血汗挣来的两百万绝不能拿来孝敬家父的债主。"

"要是不出几天令尊被宣告破产了呢？"

"先生，不出几天，我便被册封为德·奥勃里翁伯爵了。您这就会明白，破产与否与我毫不相干。其次，您比我还清楚，当一个人每年有十万法郎收入时，他父亲是不会破产的。"他一边说一边很有礼貌地把德·格拉桑送到门口。

是年八月初，欧也妮坐在曾经与堂弟山盟海誓的那条长凳上，每逢天气好，她便来这里吃早点。这天早上，天气清爽，她心情愉快，又回忆起过去爱情史上的大小事情和后来发生的灾难。阳光照耀着那堵裂痕满布、几乎已经坍塌的旧墙。尽管科努瓦耶经常对他老伴说，这堵墙早晚会倒下来，压死人，但脾气古怪的欧也妮始终不许人碰。这时候，邮差来敲门，递了一封信给科努瓦耶太太。科努瓦耶太太边走进园子边嚷道："小姐，一封信！"并将信交给女主人，同时说道："是您等的信吧？"

说明夏尔变得越来越骄傲自满。曾经杀死过对手，就觉得自己很了不起了。

这是否预示着什么呢？

这句话在院子和花园里回荡，同时也震动着欧也妮的心。

"巴黎！是他。他回来了。"

欧也妮脸色煞白，拿着信愣了一会儿，手抖得厉害，竟撕不开信来看。胖子拿侬双手叉腰，站在那里，快乐之情似乎从她那张棕色脸盘上沟沟洼洼的缝隙间散发出来。

"您看呀，小姐……"

"噢，拿侬，为什么他回巴黎呢？他是从索漠走的呀？"

"您看看就知道了。"

欧也妮哆哆嗦嗦地把信拆开，里面掉出一张到索漠德·格拉桑太太与柯雷合开的钱庄取款的汇票。拿侬捡了起来。

亲爱的堂姐……

"再也不叫我欧也妮了。"她想着心里一酸。

您……

"以前他是用'你'来称呼我的呀！"

她两手交叉，<u>不敢继续往下看，眼里涌出大滴大滴的泪水</u>。

"他死了吗？"拿侬问。

"那他就不会写信了。"欧也妮说道。

她把整封信看完，信是这样写的：

亲爱的堂姐，我想，您听说我事业有成，一定非常高兴。您给我带来了好运，我发财回来了。我听从了伯父的忠告。他老人家和我婶子辞世一事，德·格拉桑先生刚告诉了我。父母去世是自然的法则，咱们应该接替他们。希望您现在已经节哀顺变。时间能战胜一切，这点我有体会。是的，亲爱的堂姐，对我来说，不幸的是，幻想的时代已成过去。有什么办法呢？我走了许多地方，对生活进行了思考。走的时候，我还是孩子，现在回来，已经是大人了。今天，我想了很多

"脸色煞白"、"手抖得厉害"、"快乐之情……散发出来"、"哆哆嗦嗦"这些细节描写刻画了欧也妮怎样的心情呢？

已经知道了最让人难过的结果。

过去从未想过的事。堂姐，您是自由的，我目前也还是自由
的。表面看来，什么也不妨碍我们实现我们当初小小的计划。
但我生性率直，不想将我的处境瞒您。我并没有忘记我并不
属于我自己。在漫长的海上旅途中，我一直都记得那条小长
凳……

恋爱中的人好
像又看到了一
丝希望，然
而……

　　欧也妮像坐在了烧红的火炭上，猛地站了起来，走到院
子的一级台阶上坐下。

　　……我们曾经坐在上面发誓永远相爱的小长凳，那条过
道、灰色的厅堂、我在阁楼的卧室，还有那天夜里，您的一
番好意使我面对未来稍稍有点信心。是的，这些回忆给了我
支持和勇气，我常常想，您总想着我，如同我在咱们约好的
时间总想到您一样。您在九点钟看云了吗？看了，对吗？因
此，我并不想背叛对我来说十分神圣的友谊。不，我不应该
骗您。现在我要谈的是一门婚事，它完全符合我对婚姻的一
贯想法。爱情在婚姻中不过是种幻象。今天，我的经历告诉
我，婚姻必须遵循一切社会惯例，适应社会礼俗的需要。咱
们之间本就存在年龄的差别，这一点，亲爱的堂姐，将来对
您的影响可能比对我的影响更大。更不用说您的品位、您的
教育、您的习惯和巴黎的生活方式根本格格不入，无疑也不
能适应我未来的计划。我将来打算安置一个排场豪华的家、
每日宾客满堂，而我记得您喜欢的却是温馨、恬静的生活。
不，我要更直率地说，让您品评一下我目前的处境，您有权
知道也有权做出评判。现在，我有八万法郎的年收入。这笔
财富使我有条件和德·奥勃里翁家联姻，娶他们家十九岁的
姑娘。亲事一成，我便可以承袭她家的姓氏、头衔、王室御
前侍从的身份和一个十分显赫的职位。亲爱的堂姐，我向您
承认，我一点也不爱德·奥勃里翁小姐。可是，若娶了她，

我的孩子将来便能保证有一个前程无量的社会地位。因为，
王权思想逐渐又吃香了，若干年后，我的儿子将成为德·奥
勃里翁侯爵，享有四万法郎年金的长子世袭财产，在朝廷上
当什么官都可以由他选择了。我们都应该为孩子着想啊。瞧，
堂姐，我多么诚心诚意地向您表明心迹，谈了我的愿望和财
产。经过七年的离别，从您那方面来说，可能已经忘记了我
们幼稚的行为，但我并没有忘记您的宽容和我许过的诺言，
甚至最不经意说出的话，换了另一个不像我这样有良心、这
样天真和诚实的年轻人，可能连想也不去想了。在告诉您我
只想为地位攀一门亲的同时，又对您说我依然记得咱们两小
无猜的感情，难道不是将我自己完全交给您支配，将我的命
运交给您决定吗？难道不等于跟您说，如果我必须放弃出人
头地的雄图大略，我也会甘心情愿地满足于朴素纯洁的幸福
吗，这种幸福的情景，其感人之处，蒙您所赐，我已领略过
了……

爱情的背叛者
自然不介意说
出更无耻的言
语。

"咚搭搭——咚搭搭——叮搭搭——咚！——咚搭低——
叮搭搭……"夏尔唱着 Nonpiuandrai 的调子作为结束，紧接
着是签字：

您忠实的堂弟
夏尔

Nonpiuandrai：
意大利文，你
不再远离。莫
扎特的《费加
罗的婚礼》中
的小调。

"天杀的！非耍点手段不可。"他自言自语道。说着他去
找汇票，然后又补充下面这一段：

又及：随信附上您名下德·格拉桑钱庄八千法郎汇票一
张，用黄金支付，内含您慷慨惠借的本金和利息。还有几件
东西送给您，聊表我永远感激您的热忱，但装这些东西的箱
子尚未运到波尔多，待到后送上。我的梳妆盒，您可以交驿

车带回，地址是伊勒兰—贝尔坦街德·奥勃里翁府。

"交驿车带回！"欧也妮说道，"一件我多次为它拼命的东西！"

晴天霹雳般的劫难：船沉了，希望的大海上没有留下一根绳索，一块木板。

有些女人看到自己被抛弃，会从情敌怀抱中抢回心爱的人，将情敌杀死，逃到天涯海角，或上断头台，或进坟墓。这无疑很美：犯罪的动机是一种崇高的超乎人类法律之上的感情。另一些女人则低头不语，默默地承受痛苦。她们半死不活、听天由命、哭哭啼啼，却又宽恕、祈祷、回忆，直到咽最后一口气。这就是爱，真正的爱，天使的爱，为痛苦而生，为痛苦而死的高傲的爱。这就是欧也妮看了那封可怕的信后内心的感情。她抬眼望天，想起母亲临终的话。母亲像某些垂死的人一样，对未来看得非常透彻、明晰。接着，欧也妮想起母亲的去世和先知般的一生，用眼睛度量了一下自己一生的命运。她只有展开双翅，飞向天空，以祈祷来了此残生，直到解脱。

"我母亲说得对，"她哭着说道，"痛苦与死亡。"

她缓慢地从花园走回正厅。一反平时的习惯，不走过道，但在灰暗古老的正厅里，她回忆起她的堂弟。在正厅的壁炉上总放着一个碟子，那是她每天早上吃早饭时都用的，还有那塞夫勒老窑烧的糖罐。对她来说，这真是个庄严而充满重大事件的早上。拿侬前来通报教区的本堂神甫来了。神甫是克罗旭的亲戚，也是与德·蓬风庭长的利益有关的人。几天以来，克罗旭老神甫把他说服了，要他纯粹从宗教的角度找葛朗台小姐谈谈她必须结婚的义务。欧也妮看见他来，以为是要收每月她给穷人的一千法郎，便叫拿侬去取，但神甫微笑道：

"小姐，今天我来是要和您谈一个可怜的姑娘的事，全索漠城都关心这个姑娘，她不懂得怜惜自己，活得不像个基督徒。"

"天哪！神甫先生，此时我正处于一个无暇他顾的时刻，我只能为自己操心。我痛苦极了，除了教会，没有其他地方可躲。<u>教会胸襟宽广，能容得下我们的痛苦，教会感情丰富，是我们取之不尽的源泉。</u>"

强调教会的重大作用和地位。

"好的，小姐，我们照管那个姑娘，同时也就照管了您。您听我说，如果您想灵魂得救，您只有两条路可走，要么遁入空门，要么就随俗。服从您尘世的命运或者服从天国的运程。"

"啊，正当我需要指引的时候，我听到了您的声音。是的，是上帝派您到这里来，先生。我将要告别尘世，在寂静和幽居之中只为上帝而活着。"

"我的孩子，在做此断然决定之前，您有必要做充分的考虑。结婚是生，出家是死。"

"那好，死，神甫先生，马上就死。"她非常激动地说道。

"死？可是，小姐，您对社会还有重大的义务未尽呢。难道您不是穷人的母亲，您给他们衣服，冬天给柴火，夏天给工作吗？您偌大的财富是要清偿的债务，而您也圣人般地接受了。遁入空门是自私自利的表现，至于终身不嫁，也是不应该的。首先，您能独自管理您那巨大的财富吗？您也许会把它丢光。您可能不久会招来很多官司，使你烦恼无尽，难以解决。相信您的指路人吧：您需要一个丈夫，您应该保存上帝赐予您的一切。我这样说是把您看作一个亲爱的信徒。您既然心向上帝，就必须在芸芸众生中求得永生，作为他们中的佼佼者，你要作出圣洁的示范。"

上帝的旨意？

这时候，外面通报，德·格拉桑太太到。她是一肚子气来报仇的。

"小姐，"她说道，"噢，神甫先生也在这里。我不说了，我是来谈生意的，我看得出，你们正商议正事。"

"太太，"神甫说道，"我让你们谈好了。"

"噢，神甫先生，"欧也妮说道，"回头再来好吗？此时此刻，我非常需要您的支持。"

"是呀，可怜的孩子。"德·格拉桑太太说道。

"您这是什么意思？"葛朗台小姐和神甫同时问道。

"难道您堂弟回来了，要娶德·奥勃里翁小姐的事，我会不知道？……女人，从来不会这么傻的。"

欧也妮脸一红，没有吱声，但暗下决心将来一定要和她父亲一样喜怒不形于色。

葛朗台已经成了欧也妮学习的对象？

"怎么了，太太，"她语带嘲讽地说道，"我大概是傻，我一点也没听明白。您说，您就当着神甫先生的面说吧，您知道他是我的指路人。"

"好吧，小姐，这是德·格拉桑写给我的信，您自己看吧。"

欧也妮接过信，念道：

贤妻如晤：夏尔·葛朗台已从西印度群岛回来，到巴黎已有一月……

"一月！"欧也妮想着把手垂了下来。

停了一会儿，她又往下念：

……我去了两次才见到这位未来的德·奥勃里翁子爵。尽管全巴黎都在谈论他的婚事，结婚预告也已贴了出来，……

"那么他给我写信的时候已经……"欧也妮暗暗想道。她没再往下想，也没像巴黎女人那样骂："这无耻之徒！"但尽管未形于色，轻蔑之情已无以复加。

的确是无耻之徒！

　　……但这门亲事离成功还远着呢，德·奥勃里翁侯爵绝不会将女儿嫁给一个父亲破产的人。我去是要告诉他我和他伯父如何为他父亲的事操心，如何巧施妙计，使债权人至今没再嚷嚷。这狂妄的小子居然敢觍着脸对我说，他父亲的事与他无关。五年来，我日日夜夜为了他的利益和他的名誉尽心竭力。如果是一个诉讼代理人，真可以向他要债务的百分之一，即三万到四万法郎的酬金。不过，且慢，他依法还欠债权人一百二十万法郎，我非宣布他父亲破产不可。当初我管这件事，凭的是葛朗台那老鳄鱼的一句话，我是以他全家的名义作了保证的。如果德·奥勃里翁子爵不在乎他的名誉，我可是十分重视我的名誉。因此，我要向债权人说明我的处境。但我一贯尊重欧也妮小姐，当初我们境况好的时候，也曾想过向她提亲。所以，在我采取行动之前，你得去和她谈一谈……

看到这里，欧也妮不再看了，冷冷地将信还给德·格拉桑太太，对她说："谢谢您。以后再说吧……"

"这会儿您的腔调就像当年您父亲一样。"德·格拉桑太太说道。

"太太，您还要付给我们八千一百法郎的金子呢。"拿侬对她说。

"不错。请跟我来一趟吧，科努瓦耶太太。"

欧也妮主意已定，便不慌不忙、大大方方地对神甫说："神甫先生，如果结了婚还保持处女之身，是不是罪过？"

"这是个道德问题，我无可奉告。如果您想知道著名的桑切斯在他的《婚姻概论》中对这个问题的看法，我明天便可以告诉您。"

神甫走了。葛朗台小姐上楼，来到父亲的密室，一个人在那里整整待了一天，到吃晚饭的时候，拿侬一再催促也不愿下来。晚上，圈子里的常客到来时，她出现了。葛朗台家的客厅从没有像这晚那样人满为患。夏尔回来以及他愚蠢的背信弃义的消息已经传遍全城。但不管来访者如何留神观察，其好奇心也未能获得满足。欧也妮早有准备，心中虽然万分痛苦和激动，镇定的脸上却丝毫不露痕迹。有人想以忧郁的目光或话语对她表示关心，她竟能报以笑容。总之，她做到了以彬彬有礼的态度掩盖她的不幸。

九点左右，牌局结束，玩牌的人离开桌子，算清了账，一面议论最后几手牌，一面参加到聊天的客人当中去。就在大家起身离开客厅的时候，突然发生了戏剧性的一幕，不仅轰动了索漠全城，还轰动了整个地区和邻近四个省。

"庭长先生，请您留步。"欧也妮看见德·蓬风先生拿起手杖要走，说道。

听到这句话，客厅里的人无不为之动容。庭长脸色发白，只得坐了下来。

"千百万家财要归庭长了。"德·格里鲍果小姐说。

"明摆的，德·蓬风庭长要娶葛朗台小姐了。"特奥松瓦夫人大声说道。

"这才是最妙的一局呢。"老神甫说。

"和了满贯了。"公证人说道。

每个人都有一句双关语，可谓妙语连珠，大家仿佛看见欧也妮小姐高踞在千百万法郎之上，如同身踞宝座。九年前开演的戏现在到了大结局。当着索漠全城叫庭长留下，岂不等于宣布她要以身相许吗。小城市的礼数规矩是十分严格的，

（旁注）"瑕不掩玉"，说明欧也妮已经成熟起来。痛苦对她来说算不了什么，表现了欧也妮的伟大。

（旁注）这句话一方面强调欧也妮的话语很有分量，同时也说明她很会说话。

这样出轨的行动，当然成为一种最庄严的承诺。

客人都走了以后，欧也妮激动地对庭长说：

"庭长先生，我知道您喜欢我什么。请您发誓，终我的一生，您都让我自由，不会向我提出婚姻给予您的任何权利，若如此，我便嫁给您。噢！"看见庭长跪了下去，欧也妮又说，"我的话还没说完。先生，我不应该骗您。我心里有一种难以磨灭的感情。我所能给予我丈夫的唯一感情是友谊。我既不想伤害这种友谊，也不想违背我内心的法则。但只有您帮我一个大忙，我和我的财产才能属于您。"

"赴汤蹈火，在所不辞。"庭长说。

"这里是一百五十万法郎，庭长先生，"说着，她从胸前掏出一张法兰西银行一百股的股票，"请您速往巴黎，不是明天，不是今晚，而是立刻。您到德·格拉桑先生那里，找出我叔父所有债权人的名单，把他们召集起来，将我叔父所欠的全部本金和从欠债那天起直到付款日为止的全部利息——按五厘计算，一次付清。要他们开一张总收据，要做公证，一切按正式手续办理。您是法官，这件事我只托付您一个人，您是一位高尚、正派的人。我将来就凭您一句话，登上您的航船，靠您的姓氏，渡过人生的道道险滩。我们彼此宽容。我们相识已久，几乎是亲戚了，想您一定不会使我不幸。"

庭长跪在葛朗台小姐脚下，悲喜交集，浑身抖个不停。

"我永远是您的奴仆。"他对葛朗台小姐说道。

"先生，当您拿到收据，"欧也妮冷冷地看了他一眼，说道，"您连同所有借券一起送到我堂弟葛朗台那里，并将这封信交给他。等您回来，我将履行我的诺言。"

庭长完全明白，欧也妮是由于失恋才嫁给他，便连忙按她的吩咐去办，以免两个情人有言归于好的机会。

德·蓬风先生走了，欧也妮颓然跌坐在扶手椅上，泪如

强调时间的紧迫性。

真的一切都结束了！结束的仅仅是欧也妮一生中唯一的一次爱情吗？

雨下。<u>一切都结束了</u>。庭长坐上驿车，翌日晚上便赶到巴黎。到后的第二天早上，他去找德·格拉桑。将债权人召集到放债券的公证人事务所，人居然都到齐了。虽然是债权人，也该为他们说句公道话，他们个个都非常准时。德·蓬风庭长以葛朗台小姐的名义，将欠他们的债务连本带息如数偿还。照付利息一事，当时在巴黎商界引起了轰动，成为最惊人的事件之一。

收据拿到以后，庭长又按欧也妮的吩咐送五万法郎给德·格拉桑，然后到德·奥勃里翁府找夏尔。当时夏尔正从丈人那里碰了一鼻子灰回家。老侯爵刚刚向他声明，如果不将他父亲所欠的债还清，休想娶他女儿。

庭长先是将下面那封信交给夏尔。信是这样写的：

堂弟：我叔父所欠的债务已全部还清，现托德·蓬风庭长将收据送上。另有文书一纸，我在上面声明，上述我代垫之款项已由您归还。有人和我谈到破产的传闻……我想，一个破产者的儿子未必能娶德·奥勃里翁小姐为妻，是的，堂弟，您对我的头脑和举止的评断非常正确，我无疑缺乏上流社会的气质，亦不懂其心计和风尚，不能提供您期望从那个社会获得的乐趣，您为了社会习俗，牺牲了我们初恋的情谊，希望您循此习俗获得快乐。为了成全您的幸福，我无物可赠，只能送上您父亲的名誉。永别了，堂姐永远是您忠实的朋友。

欧也妮

那个野心家接过正式文件不禁惊叫了一声，庭长微微一笑，对他说道：

"咱们彼此宣布结婚的喜讯吧。"

"噢，您娶欧也妮。好极了，那是位好姑娘，我很高兴。不过，"他心里突然一亮，问道，"这么说她很有钱啰？"

"四天前，"庭长脸带嘲弄地说道，"她有将近一千九百万，但今天只剩下一千七百万了。"

夏尔呆呆地看着庭长。

"一千七百……万。"

"不错，先生，一千七百万。结婚以后，我和葛朗台小姐每年有七十五万法郎的收入。"

"亲爱的姐丈，"夏尔定了定神，"往后咱们可以互相照应了。"

"好的。"庭长说道，"这里还有一个小箱子，只能当面交给您。"说着他将一个装着梳妆盒的箱子放在桌上。

"嗳，亲爱的朋友，"德·奥勃里翁侯爵夫人边走进来边说，根本没注意克罗旭，"那个讨厌的德·奥勃里翁先生刚才跟您说的话，您不必放在心上。他被德·绍利厄公爵夫人弄昏了头，我再跟您说一遍，您的婚事没问题……"

"没问题，夫人。"夏尔回答道，"家父过去欠的三百万昨天已经都还清了。"

"还的是现金?"她问道。

"全部还清，连本带利，我还要为先父恢复名誉呢。"

"这太傻了!"未来的岳母不禁叫了起来，"这位先生是谁?"她忽然看见克罗旭，便凑到女婿耳边问道。

"我的经纪人。"夏尔低声回答。

侯爵夫人轻蔑地向蓬风点了点头，走了出去。

"咱们已经互相照应了。"庭长拿起帽子，说道，"再见，内弟。"

"他在嘲笑我，这只索漠的臭八哥，我真想照肚子给他一剑。"

庭长走了。三天以后，德·蓬风先生回到索漠，宣布了他与欧也妮的婚事。六个月后，他被任命为昂热王家法院推

表明夏尔很惊诧。这毕竟不是一个小数目。

事。欧也妮在离开索漠之前，叫人将一直珍藏的金饰熔掉，加上他堂弟的八千法郎，铸了一个圣体显供台，送给她曾经为夏尔祈祷过无数次的教堂。她来回于索漠和昂热两地。她丈夫在一次政治事件中表现突出，被提升为高等法院审判长。数年后，又当上了法院院长，正急不可待地等着大选的来临，好晋身议会。他对贵族院议员的头衔早已垂涎三尺，到了那时……

垂涎三尺，表明了他对贵族议员头衔的渴望。

　　大个子拿侬，科努瓦耶太太、索漠城里的小有产者，听到女主人谈到上述显赫头衔时，说道：

　　"那时他和王上不就平起平坐了吗。"

> 一个女人的坚韧与毁灭，曾经如水的欧也妮最终还是成为葛朗台。我们不能指望那个男人的救赎。但事实是那个男人成为她整个人生悲剧的开端，一个隐喻，从开始看到了结局……

然而德·蓬风院长先生（他终于抛弃了克罗旭这个本家的姓氏）种种野心勃勃的打算都落了空。他被选为索漠城的议员一个星期后便去世了。明察秋毫、罚必当罪的上帝肯定是惩罚他的心计和玩弄法律的手段。他通过克罗旭公证人在婚约上写明，"倘无子女，则夫妇双方之财产，包括全部动产与不动产，既无例外，亦无保留，互相遗赠与对方，不必办理盘点清册之手续，双方之继承人亦不能提出异议，此做法自有其理由，盖上述之馈赠乃，等等。"这一条款足可说明，院长对德·蓬风夫人的意愿和独居的方式一贯非常尊重。女士们提起院长，都说他是个最能体贴对方的人，对他表示同情，甚至怪罪欧也妮的痛苦与痴情。女人谴责女人的时候，往往是十分狠毒的。

"德·蓬风院长夫人一定病得很厉害才让丈夫一人独处。可怜的女人！她能很快地好起来吗？她到底得了什么病呢？胃炎？癌症？为什么她不去看医生？近来，她脸色发黄，应该去看看巴黎的名医。她怎能不愿要孩子呢？据说她很爱她

这样的条款说明了什么呢？

的丈夫，以她的地位为什么不给他留一个子嗣呢？您知道吗？这真不像话。如果是出于任性，那简直是罪过了。<u>可怜的院长</u>！"

究竟是谁可怜？应该可怜谁？这个世界就是黑白颠倒的。

欧也妮由于幽居独处，长期冥思默想，变得非常敏感，对周围的事物看得很清，加上不幸的遭遇和最后的教育，什么都猜得很准。她知道，院长希望她死，好一个人独占这份巨大的家私，加上上帝灵机一动召去了他那位当公证人的叔叔和那位当神甫的叔叔，留下的遗产，使他的财产数目更庞大了。欧也妮很可怜院长，但这正是天公站在她的立场对院长进行的报复，因为这位丈夫表面尊重欧也妮心中毫无希望的痴情，其实认为那是一种最好的保证，他私下另有打算，才卑鄙地装出满不在乎的样子。因为如果生了孩子，院长自私的愿望和乐滋滋的野心不就落空了吗？

上帝将大把大把的金子扔给被黄金捆住的女子，但她却根本不把金子放在心上，一心只向往上天，她虔诚、善良，充满圣洁的思想，并不停地暗中帮助受苦受难的人。德·蓬风夫人三十三岁守寡，每年有八十万法郎的收入，仍然很美，但属于年近四十的女人那种风韵犹存的美。她面容白皙、恬静、安详。声音柔和而含蓄，作风淳朴，因痛苦而益显高贵，与浊世接触能出污泥而不染，愈显其圣洁，但也有老姑娘的那种僵硬的态度和外省闭塞的生活中养成的小气习惯。尽管有八十万法郎的年收入，<u>她的生活仍和过去的欧也妮·葛朗台没什么两样，她的卧室一定要到从前他父亲允许生火的日子才生火，灭火也按照青年时代的规矩。她的衣着也总和过去她母亲一样。索漠的老屋完全是她生活的写照，没有阳光、没有暖意，总是阴森森的、忧郁凄凉。</u>她将收入仔细地积存起来，若非经常做善事，恐怕非遭物议，被人视为吝啬不可。她创建用于宗教和慈善事业的基金会、一个养老院、好几所

老葛朗台的阴魂将缠绕欧也妮一生一世。

儿童教会学校、一个庋藏丰富的公共图书馆，这一切都驳斥了某些人说她吝啬的责难。她还斥资修缮索漠的几个教堂。虽然有些人挖苦地称她为小姐，但德·蓬风夫人仍然受到普遍的尊重。她这颗高尚的、只为温馨的感情而跳动的心，仍然受到人间利益盘算的制约。金钱也不免将自己冷冰冰的色彩玷污她那天仙般的生活，使这位感情丰富的女人对感情也产生了不信任的心理。

"只有你是爱我的。"她对拿侬说。

这个女人的手抚平了多少家庭不为人知的伤痛。一连串善行义举伴着她迈向天国。心灵的伟大，抵消了她教育的缺欠和她早年生活习惯的影响。这就是这个在世等于出家的女人的全部故事。她天生是一个贤妻良母，却既无丈夫，又无子女，也没有家庭。

几天以来，人们又谈到了她再嫁的问题。索漠人关心她和德·弗鲁瓦丰侯爵的事，因为侯爵的家人又开始像以前克罗旭他们那样包围这位有钱的寡妇。据说拿侬和科努瓦耶都在帮侯爵的忙。天下之大，荒唐的事莫过于此。以大个子拿侬和科努瓦耶那样简单的头脑，又怎能懂得世风日下，人欲横流的道理呢。

一八三三年九月脱稿于巴黎。

这几句话最耐人寻味。"只有你是爱我的。"这世上居然还有一个是爱着欧也妮的，也只有这么一个人是真正爱着欧也妮的，欧也妮是该喜极而泣？还是心酸掉泪？还是只能无奈地哀叹一声，继续没有阳光，抑郁凄凉的日复一日。

▌情境赏析▐

这一部分主要写欧也妮爱情的悲惨结局。欧也妮对爱情是忠贞不渝的。她为了对夏尔的爱，受到父亲的威逼和迫害，几乎拼掉性命，又在孤独寂寞中苦苦等待了八年，结果却是夏尔忘恩负义的背叛。但她依然爱夏尔，"心里有一股熄灭不了的感情"。她以德报怨，慷慨地拿出150万法郎的巨款，替夏尔还债，成全他的婚事。他们两人对待爱情的不同态度，形成强烈对比，反衬出欧也妮的高尚、善良。夏尔对她的背叛，给她的打击沉重残酷。但面对满堂的宾客，她一点儿都不流露在胸中激荡的惨痛，对人家的关切居然能报以笑容，充分表现出她的坚毅、镇静。她同院长的谈话，对院长的态度，以及她写给夏尔的信，充分表现出她的隐忍、老练，以及对这两个拜金狂的鄙视。她不爱院长，也明知院长喜欢的是她的钱财，而不是她这个人，但还是决定嫁给他，这是出于无奈，是社会环境决定的。她长期处于克罗旭党的包围之中，他们千方百计地哄诱她走这条路，特别是那位教士，竟用"永生"、对社会的"重大的义务"、"上帝"来胁迫她，而她又虔信上帝，不能不做出这种选择。总之，她的悲剧主要是社会造成的。作者对欧也妮的悲惨命运，写得真实动人。

▍名家点评▍

这是一出没有毒药、没有尖刀、没有流血的平凡悲剧。

——［法］巴尔扎克